野人

手斧男孩5
Brian's Hunt
獵殺布萊恩

[ 蓋瑞‧伯森◎著　奉君山◎譯 ]

# CONTENTS 目錄

# 前言

在《手斧男孩》中，十三歲的小男孩布萊恩，因為飛機失事，墜落在杳無人煙的加拿大荒野之中。僅憑藉著一把小手斧，以及危難中激發出來的機智與勇氣，布萊恩獨自存活了五十四天，終於獲救。

距離第一次荒野考驗，已經過了三年，身處荒野更覺如魚得水的布萊恩，不斷重返森林。當他又一次獨自進入荒野時，一隻受傷狗兒的哀鳴吸引了布萊恩，也成了他的新夥伴。這隻受傷的狗身上，帶著布萊恩百思不解的重重謎團：牠究竟來自何方？主人

是誰？究竟被誰或什麼東西傷害？不安的直覺，驅策著布萊恩向北方前進，也一步步踏上了一頭惡魔般的黑熊，為布萊恩所布下的奪命陷阱。

《獵殺布萊恩》，人與熊，兩者都是獵物，也都是獵人，機智與勇氣是決勝關鍵。

——編者

# 1

## 嘗試家美人記

他再次回到自己的天地。

時值盛夏，即將入秋，布萊恩回到化外的蠻荒之地，或者用他自己的說法：他回家了。

他有獨木舟和弓箭，這回更帶上了乾糧：豆子、白米和方糖。還有一小盒茶葉，他現在懂得喝茶了；一套簡便的炊具，還有個罐子，在獨木舟上生火時，在罐子裡擺些葉子，就可以製造煙霧來驅趕蚊蚋蒼蠅；另外還有鹽巴、胡椒，甚至火柴，這可是個大幫手。

能夠隨心所欲地生火，是多麼美好的事；每當他坐下來煮飯時，都會笑著想起他的荒野生涯是如何展開的。那次孤獨的初體驗。

他以前經常夢到那些事，剛開始，夢裡有時會帶有噩夢色彩。他夢見只有自己坐在小飛機裡，駕駛死了，飛機墜落湖裡。有時他會嚇得猝然驚醒，呼吸急促。

墜機這件瘋狂的意外，讓他完全無法掌控。這幾年來，隨著年齡漸長，他愈來愈懂得處理困境，墜機也就愈顯得不可思議；一路搖晃撞穿森林，狂不可遏，到最後不是平安降落，而是落入水中，險些滅頂。在噩夢中，彷彿要死沒死成，又要再死一次。

但真正的噩夢其實很少，隨著時間流逝，愈來愈少。現在他做的夢，都是他第一個月獨自在森林，在大自然中愉快的回

憶，甚至還有非常搞笑的情節⋯臭鼬把熊趕走，搬進他的住處；或是吃了太多噁吐莓──他後來才知道那叫做野櫻桃，可真夠野了；或者是一隻山雀停在他的膝頭，從他手上啄食。

兩年多以前，他那時候還太⋯⋯年輕。才十六歲，就大多數人的標準而言，還算年輕，但他現在老練多了，那時候他的舉止比較孩子氣。不對──好像也不是這麼說，應該是「嫩」。

他那時候還太嫩，現在或許已經不那麼嫩了。

他停止思考，讓外在的一切進入他敞開的心胸。他置身小湖東岸，日正當中，蘆葦和蓮葉之間應該有些小魚，不論是太陽魚或藍鰓太陽魚，都很美味，他得抓幾尾，做成他一天一頓的熱食。

太陽高掛天上，晒暖了他的背，卻沒有這星期一開始時那般熾熱。雖然熱，但不悶。夏季已近尾聲，秋天即將到來。左手

邊有潛鳥啼鳴，但並不憂傷，不是因為雛鳥被狗魚或鱸魚叼走。雛鳥已經大到懂得別讓危險落到自己頭上，所以不太需要像剛剛孵出來時，要跨在母鳥的背上，才能以策安全。牠們快要會飛了。

布萊恩藏身在蓮葉中，突然，有什麼東西在岸邊的樹叢間移動，嘶嘶沙沙地穿過濃密翠綠的葉片。雖然聽起來煞有介事，卻弄出了很多聲響。

布萊恩知道，那可能是隻松鼠，甚至只是隻老鼠。當牠們行經地面的樹葉和腐植土時，會毫無節制地弄出許多聲響。如果是鹿、麋鹿或熊的話，應該會有沉甸甸的腳步踏在地上，但這會兒並沒有。而且，熊在行進時，往往非常安靜。

出獵的鷹或隼會發出高頻率的長鳴，呼喚伴侶。布萊恩還無法準確分辨出鷹和隼的叫聲。

有頭土狼在叫。不是狼，聲音不夠渾厚，不是呼喚，也不是長嘯或歌唱，比較像是憤怒的叫聲。

他聽過這種叫聲。當時他看到一頭土狼，在一根巨大的老松木旁獵抓老鼠。木頭下有個洞通往兩側，老鼠可以在木頭下面，穿過洞穴前後跳動。土狼則是得繞一大圈，或從木頭上跳過去，但老鼠只要在下頭前後竄逃，就可以躲開牠了。

土狼想盡法子：埋伏、守株待鼠、在下頭挖個洞讓自己容身，才能夠來回跑動，但是都不管用。牠試圖捕捉老鼠，一個鐘頭過後，牠站在木頭上，輪流俯瞰木頭兩側，然後抬起頭，盯著布萊恩，彷彿早就知道他一直在那裡似的，因此發出盛怒的叫聲。布萊恩覺得那是某種詛咒。

前面四百碼處，有頭麋鹿正在蓮葉間進食，將頭探進水裡，把可口的蓮藕扯上來。布萊恩知道，如果他現在想動手的話，

易如反掌。

對野生動物來說，獨木舟就彷彿是大自然的一部分，牠們也許還以為那是原木呢。只要人靜止不動，就會有機會滑到靠近水邊的動物身旁。許多州都立法禁止在獨木舟上狩獵，就是這個原因。

布萊恩有一次乘著獨木舟，靠到淺灘上的一頭小鹿旁，還摸了摸牠。至於進食中的麋鹿，那就更簡單了。當麋鹿的頭一進到水裡，就趕緊往前划，等牠抬頭，左顧右盼時，再順著往前滑行就好了。

布萊恩的箭還夠用：一打半的圓頭箭，還有六十個備用箭頭；一百支箭桿，以及製作箭矢的工具；寬頭箭有兩打，還有五十個備用寬箭頭，三刃的箭頭是許多年前，軍方為了叢林戰所設計的，叫做MA—3，可以一箭斃命。箭頭夠堅固，只要

磨得勤快些，就可以反覆使用，不過別射中骨頭，或者失手射到岩石。

他看著那頭麋鹿垂涎三尺，想像大塊紅肉放在火上烤過的滋味。但他還是打消了這個念頭，那是頭小公鹿，大概只有六、七百磅，成年公鹿少說也有一千四、五百磅重。即使如此，還是有很多肉得料理，他不能任由自己糟蹋所獵殺的一切。

初到森林的時候，他挨餓挨了很久……食物是天大地大的事，只要一想到會浪費任何食物，他就感到全身不對勁。就算把肉切成小條，用煙把大部分的肉都熏乾，還是會浪費掉一些……。

不過，他還是可以過過乾癮。把箭搭上，盡量靠近麋鹿，但又保持距離，以免遭受攻擊。他趴低身子拉弓，才拉開，就抬起頭來立刻放箭，MA－3箭頭正中牠的肩膀後面，寬箭頭穿

過肩胛骨直搗心窩⋯⋯。

布萊恩甩了甩頭。演練一番還可以。他一向如此——即使沒有真的實際動作，還是會在腦海中浮現出腳本，看看事情會如何發展。

凱瓜道西的事情也是如此。他常常想起她。她是克里族獵人家族的女兒，就是布萊恩在森林裡的第一年冬天所遇到的那戶人家。他在冬末遇見他們，一起生活了三個禮拜，直到春天來臨，一架飛機飛來，才把他載回文明世界。

凱瓜道西的白人名字是蘇珊．斯彭，但布萊恩想到她的時候，似乎來愈常想到她的克里族名字。布萊恩經常想起她。她和布萊恩年齡相仿，高出他的肩頭一點，杏圓的褐色眼睛滿是笑意；脣豐鼻挺，長長的秀髮烏黑濃密，但布萊恩從未見過她。她的父親大維給布萊恩看她的照片，因為她離家就學，布

萊恩和她從未碰面。

嘗試家——「凱瓜道西」這個名字的意義，她的家族給她取了這個名字，因為她從小就無所畏懼，喜歡嘗試各種事物。四歲的時候，她試圖擊發一把威力強大的來福槍，因而在左臉頰留下一道小疤痕。

布萊恩坐在獨木舟上，認為那簡直就像女性裝飾在腮上的美人記。嗯……美人記。

這樣想挺詭異的，當中的邏輯也相當詭異，來福槍造就的疤痕，還有美人記。說真的，她滿漂亮的。想到她，有種甜蜜的感覺，但布萊恩並不認識她。布萊恩心想，要是遇見她，並告訴她，自己是怎麼胡思亂想的，她應該會笑他吧。

斯彭家的夏季營地，要從現在的位置往北越過四、五座湖，中間有河流貫串其中，大概三十哩路程。他並不確定是哪一座

湖，大維跟他說是一座箭頭狀的湖，北端有個大島。島和湖岸幾乎相連，他們待在島上，因為在湖面上，有涼風吹拂營地，蚊蟲比較少。夏天，他們長期駐紮在此，等到秋天，就搬往他們的狩獵區。

無論如何，布萊恩正往他們的營地前進，往北方走，見識新的風光。所有河流都流貫在湖泊之間，往西北而去，匯進溫尼伯這座大湖，之後河道改向東北，流進哈德遜灣，一直到林線北方。

他心中記掛著要去看看山林景致，往北就是了。南方都是都市與人潮。他很快就覺得人類這種生物過日子、對待地球的方式都是不好的，大多數情況下，甚至是醜陋且錯誤的。

往南就是這樣，醜陋而且錯誤。往北有大好風光，還未被人類糟蹋的自然美景。於是他往北去，從容不迫，聽著潛鳥、土

狼、青蛙，還有鳥鳴的聲音。眼前是嶄新而曼妙的光景，陽光

映照在湖面上，火紅的夕陽、漆黑的天空上綴滿耀眼的星辰，

日以繼夜。

布萊恩心裡想著，獨木舟正往北滑行而去，或許他會暫住一

段時間，探望他的朋友，遇到凱瓜道西。他們可以說說笑笑，

談談他的思路轉折。

疤痕是美人記。

哈！

她一定會笑的。

# 2

## 等待的代價

陽光下，他循著蓮葉滑行，一邊尋找可以吃的魚，並任由自己的思緒飄回幾個月以前……

他回到自己的天地，回到荒野之中。他曾經回到文明世界，但發誓再也不要回去了。即使當時已知道，他滿十六歲了，只要得到父母同意，就可以依照自己的意願離開學校。但他並不想離開學校，因為他發現有件不可思議的事情可以伴隨學習而來……你學到東西了。

這樣講起來有點蠢，好像廢話，但他是認真的。在飛機失事

之前，學校的種種都被他簡單混過，用功是為了勉強通過考試，但從來沒有真正學到東西。

但從森林回來之後，他開始從書裡尋求印證。當初的情況就是這樣。他身在森林之中，只靠著一把手斧存活下來。他試圖瞭解遇到的所有狀況。

最基本，甚至最無庸置疑的是：吃了噁吐莓會吐，就別吃噁吐莓。

他把事情想得這麼單純，聽起來是有點傻氣。當他獲救回來，當人們對他的求生經歷不再熱衷，所有的電視和媒體熱潮也告一段落，每一位醫生都診療過，確保他「正常」之後，他試著要讓自己的生活重回正軌。

但是他從未達到，因為他曾經置身在截然不同的環境當中。

他發現自己看待每件事情的角度，都和在叢林裡頭一樣，那時

候他的每個決斷都攸關生死。

現在如果有老師交給他一本歷史書，他不會只是瀏覽一下，而是努力記住蓋茨堡戰役的年分，或亞歷山大·葛雷漢·貝爾什麼時候發明了電話。他對知識有強烈的渴求，想要瞭解他在森林裡已經學會的事情。

於是他試著對眼前所有事物都深入探究，嘗試去瞭解歷史上在蓋茨堡所發生的事情。這才知道，那不只是用來應付考試的一個事件，而是一場可怕的戰役，超過五萬名美國士兵在為期三天的浴血奮戰中慘遭屠殺。槍林彈雨，你來我往，直到如今，還可以在那裡找到嵌在一起的子彈，因為它們在彈道上撞在一塊，同時落地。

他還知道了明尼蘇達第一支志願軍的故事；開戰時，總共有兩百六十二人，結束時僅剩四十七人倖存，而且絕大多數人

都傷痕累累。

貝爾不只發明了電話，事實上，他還曾想辦法要幫助聽障兒童和他們的父母溝通，甚至差一點就趕在萊特兄弟之前發明了飛機。

這些事情全都點滴在心，布萊恩這才真正在學習。

因為他無法在文明世界與他人相處，他知道自己或許永遠無法適應所謂的文明社會了，於是現在的他回到森林裡。但他並不討厭學校，或是讀書學習的念頭。

他也不討厭父母，他愛他們。他曾經想要看看有沒有辦法讓這兩個不同世界的人和平共處，但他辦不到。

對布萊恩來說，他們的世界太過醜惡，充斥著可怕的氣味和感覺。在布萊恩眼中，人們所致力追求的一切，完全不應該。總有太多物欲，金錢、好車、好衣服、好對象。一開始，他

還盡量嘗試去容忍他們的生活方式，試著在當中為自己也找到一個定位。

但是，兩年過去了，他就是無法忍受。他已經達到某種臨界點，沒辦法再看電視，不能再聽嘈雜喧譁的音樂，受不了交通的噪音，痛恨都市的光害；夜裡總是暗不下來，讓他無法看到星辰。

他已經到了某種超過負荷的狀況，一觸即發，不相信人們真的懂得生活；從他們的作風看來，也許該說是在佯裝過生活。

於是他理出一個頭緒了…自己到這裡自行學習。他帶了幾本書：一本歷史、一本數學、一本自然與生物（他已經發現當中的一些錯誤，尤其討論到動物的思維模式時，甚至從醫療觀點來談，牠們會不會思考）、幾本文學書籍，當然還有他的莎士比亞。

他向父母和校方承諾，讀完這些書本之後要接受測驗，證明

他都吸收進去了。果真如此的話，明年就可以試試更多的書和測驗。

這道程序並沒有公開施行過，但校方相信他，因為他曾經身無長物，只憑著一把手斧就活過了五十四天，校方認為這展現出布萊恩的學習能力。大家都盡可能配合，因為布萊恩的學習意願很強烈。

有了！布萊恩停下來，倒著划槳，直到獨木舟不再前進。蓮葉底下，靜靜躺著一小塊綠色木頭。

那是好大的一尾狗魚，可能有四到五磅重。布萊恩在醫師的診所看過一本愚蠢的釣魚雜誌，裡頭有篇文章說狗魚並不好吃，因為狗魚全身上下有許多暗刺，要把魚刺挑掉並不容易，所以無法料理。

文章還說狗魚「有點黏呼呼的」。事實上所有的魚都是黏呼

呼的，因為牠們需要有層抗菌膜來抵禦疾病。

布萊恩是這樣煮狗魚的：把內臟掏出來，要不就整隻擱到平坦的木片上，對著火烤，黏膜就會變成漂亮的青色，和魚皮一起脫落。他在食譜中發現法國有一道菜，叫青色狗魚，就是烤好狗魚之後，再用黏膜製成青醬，盛在淺盤上。

不過，布萊恩心想，從蓮葉底下看到，到真正將狗魚吃進肚子裡，可還有漫長的一段路。牠們是最上層的掠食者，不只吃其他的魚，也吃青蛙、小鴨子，還有潛鳥幼雛，不時還有襲擊人類的傳聞。

如同所有出色的掠食者，牠們身手矯捷、警覺性高。但掠食者經受不起任何傷害，即使只是輕微的傷口，也可能導致死亡，因為一旦受傷，牠們就無法捕獲獵物。

他帶了些釣線，還有小魚鉤，可是很少使用。用弓箭射魚筒

單得多，而且可以自己挑選要哪種魚。他甚至還帶了些三叉的魚叉頭，將它們黏到箭桿的頭上，不加箭羽，而是在近距離下獵捕小魚。

可是狗魚不一樣，因為三叉是展開的，對小魚叉而言，狗魚顯得太大了。魚叉刺在大魚身上，無法刺深，只會傷到皮肉，魚一掙扎，箭就會鬆脫，之後魚兒便逃逸無蹤。

他得用一支單純的圓頭箭，射進魚的頭部，以便一次成擒，但他所處的位置對這次獵殺來說，卻是大大不利。他位在湖的邊緣，往北前進，蓮葉在獨木舟右手邊。他是右手放箭，所以要撿起弓來調到右側。但在身體無法完全伸展的情況下放箭，是相當不利的，很有可能會將魚兒嚇跑。

如果他從獨木舟裡抬起身子，轉過身，面向另一側來放箭的話，問題依然存在。他坐在獨木舟船尾，打包好的行李全都綁

在他面前，要是他起身轉向的話，無疑會將魚兒嚇跑。更何況，他跪著，眼前空間狹窄，幾乎不可能轉身。

不過，天色還早，太陽還要好一會兒才會下山，在入夜紮營前還有許多時間。他蜷曲身子，面對船首，小心翼翼地划著槳，盡量放慢動作。他花了將近十分鐘，像蝸牛般爬行十分鐘，才戰戰兢兢地將獨木舟掉頭，轉到另一方向。

他現在的行動，也就是狩獵方式，好像是在進行一場追蹤。

很久以前他就學到欲速則不達的道理，不管要獵什麼，從魚到麋鹿，最重要的關鍵所在，絕對就是耐心。你得花掉該花的時間。當他更深入研究北方田野的時候，從書上看到在冰上狩獵海豹的愛斯基摩人，會在海豹呼吸的氣孔上蹲伏數小時，甚至好幾天，就是等待海豹來到洞口換氣。

愛斯基摩人會在洞口擺上一小片羽毛，手持骨製的魚叉虎視

眈眈。當海豹靠到洞口換氣時，空氣遭到擠壓，就會往前撥動羽毛，此時，獵人就射出魚叉，將帶有倒鉤的魚叉刺進海豹背部。但海豹重達四百磅，魚叉要不了牠的命，不過，魚叉卻連著獵人手裡的一條繩子。於是整個過程高潮迭起，就像要用一條繩子圈住體型碩大的公牛一樣。

當海豹拉拽著獵人，試圖讓他穿過冰層、掉進水中的時候，獵人得一手穩住海豹，一手擎著致命的長矛刺殺牠。不消說，這招不會每次都得手。布萊恩在書上讀到：這些獵人耐性十足，即使海豹始終沒來，或者一擊之後沒有得手，他們都不會灰心沮喪，只是聳聳肩，然後就前往下一個洞口。

布萊恩還知道，北極熊也用這個法子獵海豹，也就是說守在洞口等著，瞇起眼睛免得露餡，且用白色腳掌摀住黑色鼻子等海豹上來換氣。海豹一出現，北極熊就立刻往下一縱，抓住海

豹鼻子，穿過冰上六吋大小的洞口，把三、四百磅的海豹整隻拉上來，撕得粉碎，然後大啖海豹的血肉。

狩獵就是需要這種耐心。布萊恩蜷曲著，從獨木舟邊上，目不轉睛地窺伺狗魚，只挪動船槳，直到獨木舟完全掉過頭。但願從水底往上看，這只是一根緩慢漂動的旋轉浮木。

這招想必奏效了。有一瞬間，背部拱起、魚鰓鼓動的狗魚就要游開，但一尾稍小的狗魚游過來，布萊恩這才明白，那不過是在捍衛領土。

獨木舟終於就定位了，狗魚還在那兒，位置還更好了一點，因為蓮葉恰巧遮住了狗魚的眼睛。

弦已經上好，布萊恩依然匍匐著向前，輕輕從箭袋裡抽出一支木箭，將箭尾扣準弓弦，搭在弓上。左手按在手把上，就著獨木舟船舷將弓平舉，再稍稍抬高一點，讓箭從獨木舟旁露出

一點。

接著，布萊恩將弓微微傾斜，兩手一撐，把弓拉開，箭羽抵在下顎，瞄準魚身底部，以抵消光線折射的效果。飛機失事之後，他開始學習狩獵，錯失掉好幾尾魚後，好不容易才明白這個道理。

箭穿入水中時，只慢下來一丁點，然後就全力射中狗魚，正中右眼上方。不管是靠運氣，還是憑實力，這一箭幾近無懈可擊，箭身刺穿狗魚，停了下來。

狗魚瞬間斃命，臨死前，身體捲向旁邊，一陣痙攣，魚身於是蕩入大概五呎深的淺水域，然後就靜了下來，開始往下沉。木製箭桿的浮力減緩了下沉的速度。

布萊恩大聲叫道：「啊！我還以為會浮上來呢……」所有魚都有鰾，藉以控制牠們在水裡的深度。當牠們被殺死的時候，

鰾中有時會有足夠的空氣讓牠們浮到水面。但不是每次，就像眼前這尾狗魚，空氣都排出來了，於是往下沉。

布萊恩只穿著短褲，用雙手扶住獨木舟兩側，撐起自己越過船舷，縱身躍入水中。他睜著眼潛到水面下，雖然視線模糊，但因狗魚的顏色鮮豔，箭桿又畫出一道亮白的線，想不看見都難。布萊恩抓住狗魚，拖到獨木舟旁，甩進船上。

感激不盡。每當布萊恩下了毒手，他都會這麼想。豐盛的佳餚，謝謝你！他把眼前的肉塊當作是一頓不會走路的大餐，是一頓長眠不醒的佳餚。

在夏天，他無法保存魚肉。要是有間煙熏用的小屋，或有辦法讓魚肉乾燥又不會招惹蒼蠅的話，或許還可以留住一些。可是在暮夏的酷暑當中，沒有冰箱，不可能把肉保存多久。如果硬把壞掉的魚肉吃下去，很可能會要命。

他在網路上找到一則官方資料，是在一九三〇年代，特別為農夫與獵戶所頒布的。上頭條列並且描述了各類肉品，還有各種動物的飼養、屠宰，以及保存方式。內容教人感到意外，比方說鹿肉的營養價值和蛋白質含量非常低，尤其是麋鹿的肉，而兔肉則是最優質的。

布萊恩也從裡面學到，魚肉容易產生腐敗鹼，嚴重一點的話，會引發致命的食物中毒。

書面資料曾記載，有些美洲原住民就是因為吃了死掉的鮭魚乾，或其他魚種的毒素而致死。還有許多例子發生在掠食者及食腐肉的鳥類身上，比方禿鷹、野狼、狐狸，還有土狼，都因為吃了死後漂到岸上的腐敗魚肉而死亡。

所以布萊恩得將整條魚都吃掉。他微笑著回想起第一次抓到的魚，那條魚那麼小，但嘗起來多麼可口。

他現在依然這麼覺得，他感覺到食物的誘人處。於是，他在

岸邊找了塊空地，生起一堆火。

這頓美味、豐盛的大餐，謝謝你。

# 3 在湖上沉沉入睡

布萊恩變了。

起初他以為是自己做事的方法有好幾個階段，而他又進入了下一個階段。但他意識到，自己已隨著周遭環境的變遷，隨著見識愈來愈廣，不斷在改變著。

看待紮營的方式就是一個好例子。墜機後，初次置身森林，他需要掩蔽物。或許是自以為是吧，因為既然已經決定不待在飛機上，就需要有個地方安頓下來。以他現在的見識來看，他會製作武器，所以可以往南移動，一邊狩獵，一邊進行一趟狩

獵之旅。

可是在當時，他需要一個營地，以為人們不用多久就會找到他。但是並沒有，因為他離航道實在太遠了。而且那時候他對生火並不熟練，要是他不斷前進，每天晚上就要用手斧和石頭生一堆火，或至少在他想要煮肉的時候生火，進展一定會非常緩慢，幾乎不可能。

現在他改變做法了。他不會花太多時間在紮營上，而是盡快找塊空地，停好獨木舟，再用防水火柴生火，清出魚內臟丟進湖裡；內臟很快就會引來一群小魚，三兩下把內臟吃得乾乾淨淨。

布萊恩把狗魚擺到平坦的木片上，開始烤了起來。他把剛烤好的熱騰騰魚肉剝下來，放進十分鐘內就烤熟了。一只鋁鍋，然後把魚翻過面來繼續烤，一邊吃掉剛剛烤好的那

面。雖然有帶鹽巴，但他的口味已經愈來愈淡了。他用十指小心地剔出魚骨頭，包括惡名昭彰的倒刺，然後把魚肉吃得一乾二淨。

這時候，另一邊也烤好了。他把魚肉吃掉，然後撬開魚頭，吃掉腦髓和魚眼睛。很久以前，他就不再挑三揀四，神經兮兮的了。之後再把魚骨頭及殘渣丟回湖裡，讓小魚享用，然後去整理他的行李。

他對待行李的態度非常小心謹慎，盡可能每天都全部清點一次：從獨木舟開始；克維拉纖維製成，幾乎可以防彈。接下來是兩把合成船槳，再來是武器。

他有一把薄板壓製成的傳統弓，比長弓稍短一些，拉開二十六吋需要四十五磅拉力。他曾拿更重的弓試用過一段時間，也考慮過複合弓。但上頭有太多滑輪纜線，還需要經常調

整，對森林間的克難應變來說，實在太華而不實了。

他檢查弓身、弓弦，以及剩下的兩條弦矢，用小石頭將寬箭頭的箭刃磨利。布萊恩將箭頭保養得有如剃刀，可以從手臂上刮下汗毛。再把他用來射狗魚的那支箭保持乾燥，確保箭羽依然筆直。

接著是小刀。他的腰帶上隨時掛有一把平刃的狩獵小刀，和二次大戰時期海軍配發的K-Bars小刀非常相似。他用磨箭頭的那塊石子把刀刃磨得鋒利。

然後是一柄雙刃的小遊艇斧，他通常用來砍木頭，或是和獨木舟一起架成棚子。接下來逐件檢查衣物的縫合處，用針線包解決所有問題。再來就是鹿皮鞋。他有三雙鹿皮鞋，其中一雙是長筒的，天冷時可以當作皮靴。

他有件薄夾克，還有件套頭冬衣，可以拉到膝蓋，衣料既防

水又透氣。還有兩件套頭羊毛衫，可以穿在外套裡；兩條羊毛褲、四雙褐色的毛織手套，這玩意兒再好不過了。布萊恩雖耐不住嚴寒，但一般的寒冷他可以輕鬆應付，這可比他第一年冬天的景況好多了。

一切盤點就緒之後，他從湖裡撈了點水來煮，泡了一壺茶。放涼之後就把整壺茶都喝了，往後靠坐在身邊的一根木頭上，觀看火堆。肚子飽了，天色也暗了，一股倦意襲來。

獨木舟裡有個睡袋，只有五磅重，品質良好，溫度在十度以上都能保暖，底下是蜂巢氣墊。他盤算著要把睡袋拿出來，布置一個露天營地好過夜，但最後決定不這樣做。

天氣這麼溫暖，睡袋實在太累贅了。要是沒有強風，也沒有下雨，他就可以到湖上，睡在獨木舟裡。

他有一支小錨，上頭的鉤子又鈍又圓，只有四吋大小，還有

一百呎長的尼龍繩。他會拋下船錨，讓它吃進水底的雜草和泥巴，然後將繩子放到足夠長度，讓鉤子保持定位，接著把繩子綁在獨木舟船首，再把墊子攤在船首的行李前。

就這樣，布萊恩頭枕在上面蓋有防水布的行李上頭，然後沉沉入睡。

北方的湖泊大多是由遠古的冰河推擠而成，很淺，只有十五到二十呎深。沒有颶風的話，就像睡在搖籃裡一樣。離岸邊有段距離的話，通常蚊蟲不會多到不堪其擾。

現在已是暮夏時分了，蚊蟲不像剛入夏時那麼地惱人。那時候，牠們受狩獵的渴求驅策，要吸取血液，以便在秋天之前產卵。

夏季的第一波蚊蟲潮中，布萊恩見識到蟲群的可怕，牠們鑽進布萊恩的鼻孔。天哪！當他剛從失事的飛機爬上岸時，他多

麼痛恨那些一把他整得七零八落的蚊蟲。

天就要黑了，他把火澈底熄滅，然後把行李裝回獨木舟，划著槳離開岸邊一百碼。他停下獨木舟，漂流了幾分鐘，確認天氣狀況。

日落的靜謐景致如此美麗，萬里無雲，水波不興，他點點頭，從側邊放下船錨，直到撞上湖底。接著搖槳往回，鉤子吃住了，就綁到船首上頭。他把要睡的床打理好，因為天氣仍溫暖而濕潤。他躺下來休息，聽著潛鳥暮啼，隔著如鏡的湖面，遙相應和。

在諸多完美的日子中，這是最完美的一天。在他沉入夢鄉前的最後一個念頭就是：毫無疑問，他正處於生命中對的時間、對的地點。

了無缺憾。

# 4 湖岸邊的哀鳴

一個奇怪的聲響驚醒了他。

他睡得很熟，正在做夢，最重要的是，他夢到凱瓜道西，還有美人記。所以，很不想醒來。

但他現在知道，只要有古怪的狀況，即使是一點不尋常的蛛絲馬跡、不尋常的聲響、奇怪的顏色或氣味，就要有所反應。

他上次從這裡回到文明世界後，幾乎就要抓狂——警報器的聲響、煙霧的臭味、劈里啪啦的噪音，全部揉合在一起，鋪天蓋地而來，癱瘓他所有的知覺，讓他什麼都聽不見。

而此時此地，所有奇特的聲響、色彩、氣味、蛛絲馬跡都有其意義。布萊恩曾經看過狼群狩獵，牠們連走帶跑，沒幾碼就停下腳步，四下查看草叢裡細微的嘶沙聲、依稀的聲響或氣息，到處嗅嗅聽聽，鉅細靡遺地確認所有細節。

現在，他從躺著的獨木舟上醒了過來，只知道有個奇怪的聲響打斷了他的睡眠，卻不知道是什麼，也不知道是打哪兒來的。他張開嘴，以便豎起耳朵，屏住呼吸，等待，傾聽。

夜裡，四下一片寧靜。氣溫下降，睡著睡著，他把拉開的睡袋蓋到身上保暖。天氣夠涼爽，所以什麼古怪的蚊子也都消聲匿跡了。一片寂靜之中，他只聽見自己的心跳聲。

沒有其他聲音。

半圓的月亮，彷彿伸手可及，四周的湖面一片透亮，視線清楚。獨木舟安靜地浮在平滑的水面上，小船錨仍抓得很牢。沒

什麼差錯。

布萊恩稍微坐起身，但湖岸邊看不到有什麼東西。當然，距離相當遠，足足隔了一百碼，就算月色清亮，也看不到太細微的東西。

什麼都沒有。沒有聲響，沒有蟲鳴，甚至沒有任何潛鳥夜啼的聲音。

這下子他完全清醒過來了。怎麼回事？在森林中，他相信自己的直覺，他知道有東西來過，只是不知是大是小。做夢到一半，因為有外力介入，他才會醒過來。但是，什麼也沒聽到，什麼也沒看到。

有了！

有聲音，那是什麼？非常輕柔，布萊恩只能勉強聽見，又來了，幽幽咽咽……。

是哀鳴聲。幽幽咽咽，哀鳴不已。聽起來像是狗在求饒，或

受了傷。

有狗？

他坐起來，四下搜索湖岸，可是什麼也看不到。或許是隻土

狼吧，在北方，人們叫牠山狗。又或者是灰狼，有兩頭，其中

一頭在求饒。

他的背包裡有支單筒望遠鏡，雙筒的太重了，但他有時候會

想從遠處觀察，不要打擾到牠們。他對許多在湖邊築巢的老鷹

特別感興趣，他想要看看雛鳥，又不想太靠近牠們。

他拿出單筒望遠鏡，仔細查看湖岸。雖然只有八倍功率，但

月亮補充了許多額外的光線，讓布萊恩的眼睛能夠穿過湖岸，

看進森林裡，試著看看那是土狼或灰狼。也許還是隻狐狸呢。

這裡不可能會有狗的，不是嗎？

他掃視了一番，但什麼也沒看見。他看看月亮，估計現在大約是凌晨兩、三點。也許他應該接受，那不過是一頭土狼或灰狼，甚至是頭小熊，然後再多睡一點。

這時，他又聽見了。

沒有比較大聲，但好像持續得比較久。

他再掃視一次，逐吋逐吋，小心查看湖岸。就在他掃視到一半，看到剛剛生火煮狗魚的地方時，他看見了。

有個輪廓，就在他吃飽靠坐的那棵木頭旁。不動，只是坐在那兒，或者說是癱坐在那兒。不是土狼，但也不像灰狼那麼大。

這個黑影也許是隻小熊，森林裡有許多熊是黑色的，有些黑得像肉桂的顏色，牠們很有本事。

他和熊交手過兩次，有一次差點就要射殺那頭熊，另一次是一頭熊打算闖進他的冬季小屋，被臭鼬趕走了。

但那黑影看起來也不太像是熊。

黑影動了，慢慢站起來，布萊恩看出是四條腿，比土狼略大一些，肩膀處有閃亮的斑點。那是貨真價實的一隻狗，要不然就是布萊恩神經失常。

在這種地方。

牠隔著湖面看向布萊恩，對著他哀鳴。

好吧，布萊恩心想。就是這樣。好吧。

我倒可以去看看牠想要什麼。

他現在完全清醒了，坐起來，從船首的纜繩上收回錨繩，把錨拉上來，搖著槳往岸上去。

靠近時，他停了下來，思量一下，離湖岸還有四十呎，狗兒還在六十呎外。

狂犬病是非常可怕的疾病，通常在患畜尚未走遠，還未引起

更多傷害之前，人們就會先殺了牠。要是這隻狗患有狂犬病，他可不想被牠咬傷，但也不想殺死牠。

雖然就在眼前，但為了能聚集更多光線，布萊恩還是拿出望遠鏡，仔細端詳那隻動物。布萊恩把船划向牠，那隻狗也往岸邊靠近，想和布萊恩會合。可是牠行動不便，似乎傾向身體右側。布萊恩把鏡頭對準那裡，看看有什麼不對勁。

這的的確確是隻狗，即使在黑夜裡，布萊恩還是看得出是一隻母狗，而且是黑色的。有時候克里族會養在營地裡，冬天用來拉雪橇，夏天用來拉貨物。牠們並不算是雪橇犬，只能說是營地裡的狗伴，必要的時候會用來拉雪橇。

有時候克里族會養在營地裡種。有時看不出是什麼品種。有時候克里族會養在營地裡，但看不出是什麼品種。

這隻狗似乎相當友善，等著要迎接布萊恩。牠的肩膀上有亮色的斑塊，可是其他部分的背毛都是深褐色。

接著那隻母狗轉過身，布萊恩終於把那些亮色的斑點看得更清楚，這才發現那隻狗受傷了，或許是打架吧。有一道撕裂傷，從牠的右肩頭開始，往後劃開一道弧線，幾乎連到牠的尾巴。牠的右半邊，整片血淋淋的，大部分的血液都凝固了，可是在月光下，布萊恩還可以看到鮮血在閃爍。

「天哪！」布萊恩大聲叫了出來，幾乎把自己嚇一大跳，因為他實在很少開口：「究竟發生什麼事了？」

那隻狗再次對著布萊恩哀鳴，那聲音彷彿是狗兒專門用來和人類溝通的，全心全意發出的微弱請求。

布萊恩一槳鏟下，往岸上划去，要去幫牠。

# 5

## 誰是凶手？

一看到獨木舟往岸邊靠過來，狗兒就立刻低下頭、搖著尾巴，前來會合。但是在船首接觸到湖岸之前，布萊恩卻又猶豫了起來。

這一切太詭異了。在森林中，有任何不尋常的事情都要仔細琢磨。這兒有隻狗，把布萊恩當朋友般歡迎，為什麼呢？為什麼有狗？為什麼在這裡？會不會不只如此，還有別人在？是不是有什麼在岸邊等著布萊恩，可能會對他不利？

但布萊恩只停頓了幾秒鐘。因為他才往前靠，那隻狗就坐下

來，發出疼痛的哀鳴，然後就著沒有受傷的一側躺下，傷口向上，一心一意等待著布萊恩。

這就夠了。布萊恩划到岸邊，跳下獨木舟。他走向那隻母狗，在牠旁邊蹲跪下來。

天當然還沒亮，但就著弦月的光輝，布萊恩看到了大半傷口——沿著體側一呎半長的撕裂傷，傷口非常淺，只劃開皮膚扯到後頭，而且癒合狀況良好。雖然到處都有血液滲出，但就連布萊恩在看著的當下，出血也在減緩當中。

但是，牠還是需要照料，也因為如此，布萊恩需要有光源，要有火。

「你待在這裡，」他告訴那隻狗：「我得弄些木柴來生火。」

牠或許是聽懂了，要不就是疼痛難當，那隻狗待在獨木舟的

船頭旁。月光下，布萊恩動身去尋找枯木乾草，在船邊生起一小堆火。

布萊恩拿了根燃燒的樹枝，走近牠，以便看個清楚。那隻狗被嚇到了。

「沒事，沒事，我得要看看哪……」

他將手按在牠的腦袋上，牠立刻就安靜下來，回應布萊恩輕柔的話語。布萊恩再次舉起火光，在火光映照下，布萊恩看到那道傷口，從肩膀上扯下了一塊皮，大概有他半個巴掌大。

他可以看到外露的筋肉，雖然肌肉受傷並不嚴重，但他得想辦法處理，將傷口包紮起來。

「或者縫合，」布萊恩大聲說：「我有些釣魚線，還有針。只是不知道你肯不肯讓我幫你把皮縫上？」

布萊恩走到獨木舟，掏出他的針線包。裡頭是有線，但針對

這次的任務可能太細了，容易被扯開來。釣魚線可能較適合，不過他得要用大號的針。

布萊恩走回那隻狗身邊，心裡想著：這下子狀況可多了。

這隻狗並不是很大，差不多四十磅重，但牠有獠牙。布萊恩在城裡曾看過狗打架，也看過狼群獵殺鹿隻的景況，他很清楚那副獠牙的能耐。

書上寫到，即使只是中型犬，後面臼齒的咬合力，每平方吋也能達到兩千六百磅。他心裡盤算著：要是咬在我的手骨上，差不多就是一平方吋吧。傷腦筋！

但是，他又不能對傷口置之不理。

「我會弄痛你，」布萊恩拍著狗兒的頭：「很抱歉，可是我們得把傷口縫起來。我會不斷說話告訴你，我在做什麼。要是不縫合、包紮傷口的話，蒼蠅會在裡頭產卵……。」

正說話間，他已做好準備，蹲跪在狗的旁邊，就著火光將釣魚線穿進針孔——穿個針沒什麼大不了的——希望自己講的話能夠安撫狗兒。

「我要用點水來清洗傷口，」布萊恩從湖裡舀了點水。他知道湖水並不衛生，但傷口上滿是灰塵、草渣，相較之下，湖水乾淨多了。他考慮過要煮沸，但這麼一來，就得放著等水冷卻，會耗費太多時間。狗的狀況現在還算穩定，但不知道能夠維持多久。

他盡可能用水把傷口洗淨，將水輕輕淋在傷口上，直到流下的水不帶血漬和汙泥。接著，把整片皮膚拉回來，蓋到綻開的傷口上。布萊恩沮喪地發現，那塊皮太小了，蓋不住傷口。大概缺了一平方公分，而且似乎有點皺。要縫合的時候，得把皮拉開、撐平才行。

一想到要是自己遇上這種事會是什麼感覺，布萊恩就畏縮了起來。先要拉開他的皮，然後用穿著釣魚線的粗針穿過去，一次又一次。

布萊恩清洗並且將皮拉回來的時候，那隻狗始終保持安靜，安分到超乎布萊恩的想像。可是，布萊恩不相信等會兒開工的時候，牠還會靜靜地躺著。

「情況比我想得還要嚴重，」布萊恩說道：「也許還會更痛一點點……」後來，過了許久之後，布萊恩回想起第一天晚上，他好像把這隻狗當成一個人似的，在跟牠說話。

他一點也不覺得奇怪，且早就習以為常。他會跟所有的動物說話，鹿、鳥、野狼，甚至是魚。但似乎只有狗聽得懂，只有狗明白他的意思。

好吧，那就動手嘍。布萊恩拉著皮塊，得扯到符合原位才

行，接著用針刺下了第一針。他必須相當用力，才能讓針穿過皮膚。這讓他相當訝異，簡直就像鞣製過的皮革一樣。布萊恩所下的力道，比他認為這隻狗能忍受的還要大得多，而這只是第一針。

接下來，布萊恩必須將皮塊扯回原位，穿進第二針，一樣要用很強的力道，將銳利的針頭在看不到的地方推平，然後用線將兩道縫線湊攏，在上頭綁個結來固定。再來，移個七、八公分，看好差不多的位置，再一次下針、收針、打結……。

然後，再一次。

再一次。

整個過程，布萊恩就這樣絮絮叨叨，還要提防狗兒回過頭來反咬他一口。

「你是隻勇敢的狗。我知道，要是我的話才受不了呢。你的

基因一定很優秀，很強悍，你的母親很強悍，受得了這樣子插針、抽針、戳來弄去，繼續保持下去吧，你受得了的⋯⋯」布萊恩的聲音穩定而平靜，試著穩住狗兒，放鬆牠的心情。

牠不曾回過頭。只在剛開始時有點反應，那時候布萊恩扯著線，要將兩道縫線兜在一起。狗兒從胸腔發出低沉的悶響，把頭抬了起來，但那不是咆哮，而是呻吟。

牠始終沒有齜牙咧嘴地轉過頭來。那隻狗只是看著布萊恩，就著火光正視布萊恩的眼眸，眼神中帶著諒解，還有完全的信任。然後牠就低下頭，停止悶響與呻吟，再也不看一眼。牠閉上雙眼躺在那兒，任由布萊恩擺布。可說是毫無防備。

布萊恩總共縫了三十二針，每一針都打結固定。上半部縫了二十針，前面往下又縫了十二針，全都相距七、八公分左右，

縫得非常扎實，將皮塊拉在一起。就這樣，大功告成了。

獨木舟裡有個小型急救箱，布萊恩拿出一瓶抗生素。要清洗傷口，一瓶不夠用，布萊恩就沿著縫好的傷口邊緣，倒成一道細線。瓶子一倒下去，狗兒終於再次發出悶響，想必不是毫無痛楚。但牠沒有睜開眼睛，呼吸也依舊平緩。

這下真正大功告成了。

布萊恩清洗針頭，把急救箱擺進獨木舟，用湖水洗去手上的血漬。然後找來更多木柴添到火裡，讓火勢燒得更旺。

縫好傷口的狗兒，一動也不動地待在距離火堆四、五呎遠的地方歇息著。過沒多久，布萊恩就聽到牠蓋過火焰劈啪聲響的鼾聲了。

布萊恩蜷縮在火堆旁，任由自己的心思恣意遨遊，慶幸這隻狗這麼友善，慶幸自己沒有被咬。

布萊恩往東方看去，以為會看到一曙天光。再過幾個小時，天就亮了，然後……這是怎麼回事？

布萊恩心裡想著，這隻狗顯然不是野狗，而是與人類熟稔的飼養犬。布萊恩睡在湖上的獨木舟裡，牠聞到、聽到、感覺到了，用哀鳴聲喚醒布萊恩。

顯然，牠需要幫助。

但牠是從哪兒來的呢？布萊恩早就確認過了，牠沒有戴項圈，還看了一下，牠是隻母狗，不是公狗。但牠並不只是隻鬆綁的野狗。

牠一定是從某個獵戶的營地來的，也許是克里族的營地，但不知是遠是近。牠肯定有主人。但就布萊恩眼見耳聞所及，方圓數哩之內，沒有任何跡象顯示有人。要是有人紮營，布萊恩會知道。

森林裡的動物對人類都會有所反應，要是周遭有人，感覺起來會不太一樣。但布萊恩並沒有感覺到有什麼不同。他沒有看到有人走過的足跡，或草叢裡有火堆的痕跡，也沒有聞到煙霧的氣味。

附近沒有人。

然而，有一隻狗在這裡。這隻狗顯然是有人豢養的，希望和人類作伴，而且牠看來削瘦，沒辦法自給自足地狩獵。牠需要和人類在一起，卻不知為何和人走散了。

布萊恩一點概念也沒有。他往火堆裡添了木柴，在火光中端詳這隻狗。

牠睡得很沉，發出輕微的鼾聲，傷口隨著呼吸起伏。布萊恩喜歡牠呼吸的聲音，想到自己從來沒有養過狗。父母總有許多不讓他養狗的理由：太髒了、會掉毛、媽媽會過敏、他無法擔

負照顧小狗的責任……

天哪！想想那時候，想想他的爸媽。他搖搖頭，那段日子真的存在過嗎？那一切愚蠢的狀況。

他看著隨狗兒呼吸起伏的傷口。

這個傷口是在打鬥中留下來的，但不知道對手是什麼人？或是什麼東西？是撕裂傷，不是摔傷或棍棒毆打造成的。

事情是怎麼發生的呢？

和另一隻狗打鬥嗎？在處理傷口的時候，布萊恩考慮過這個可能性：牠和另一隻狗爭奪地盤，結果被驅逐出境了。

但是布萊恩不能肯定，這樣的事情是不是只有在傑克・倫敦（Jack London）的小說裡才有？他這才意識到，傑克・倫敦筆下的森林，有許多地方完全不合理。傑克・倫敦是個強悍的人，也是位好作家，但他同時也是個一塌糊塗的酒鬼，他對荒野的

說法有許多不合理的地方。

再說，人們鮮少讓打鬥鬧到如此不可開交的地步，要是狗被劃了那麼一道傷口，會有好一陣子沒辦法工作，獵人養狗就是要牠馱行李、拉橇板。而且，布萊恩認為，像這隻那麼親近人類的狗，應該不會因為打鬥而擅自脫隊。

因此，一定有其他原因。

可是沒有其他原因說得通呀！這隻狗不會離開牠的家，除非是被趕出來的，但傷勢又太嚴重……。

是狼群嗎？布萊恩換了一個方向思考。或許這隻狗為了打獵，還是其他原因，離開了營地，遇到一群野狼。牠們攻擊牠，讓牠負傷；慌亂中，牠沒有跑回營區、回到家中，而是拔腿就跑，驚惶不知所措，一直走到湖邊，發現布萊恩在獨木舟裡睡覺……。

不對。大維告訴過他，狼群有時會攻擊小型犬，吃掉牠們。

如果是狼群攻擊牠的話，牠要不就是逃回營地，不然就是狼群把牠收拾果腹。世界上沒有一隻狗可以從狼群爪下逃生，遑論戰勝。

傷口似乎也不是人類造成的。但還是有可能，也還算說得過去。要是有人那麼殘忍，把一隻狗傷得這麼重，狗兒也許會掉頭就跑，一去不回。布萊恩在報章新聞上看過，的確有些人這麼壞，簡直是人面獸心的禽獸。

但這個傷口不像是被砍，也不像是什麼武器所致，而是獠牙或爪子造成的。

這裡有些大型貓科動物。布萊恩在幾次偶然機會中看過山貓，體重四十磅的山貓確實可以造成這樣的傷勢。但就算真的有隻狗蠢到去追逐山貓，山貓也可以輕易地甩掉牠。

在北方鄉間，人們稱森林中極為罕見的美洲獅為豹子或美洲豹。但道理還是一樣，牠們可以輕易傷害一隻狗，然而牠們寧可避開事端。與其和一隻狗糾纏不休，還不如把人殺了吃掉，除非那隻狗非常小。

布萊恩看過幾則消息，說的是美洲獅在洛杉磯一帶的住家獵殺獅子狗及其他小型犬。有隻美洲獅竟然還挑上了一個在洛杉磯附近慢跑的女子，不但把她殺了，還拖到一旁，吃掉女子部分的屍體。

可是，這無法解釋這隻狗為什麼離開營地。

如果是鹿或麋鹿進行攻擊的話，可以用犄角造成這樣的傷口。狗在試圖攻擊鹿的時候，有時會身負重傷，然而大部分的情況是鹿受傷。

每年都有許多鹿被豢養的犬咬傷甚或致死。人們就是搞不清

楚，他們的小乖乖德國牧羊犬要是和其他三、四隻狗湊在一起，就會變得多麼駭人。牠們會追殺鹿隻、羊群，有時候，還會追殺孩子。

還是一樣，這也沒有辦法說明這隻狗兒為什麼會跑走。就算牠試圖攻擊鹿，卻被鹿回擊重傷，牠也應該會跑回家尋求庇護，而不是四處逃竄。

還有什麼可能？

那就是熊。

在北方森林裡，只有一種動物做得到。

用帶了爪子的腳掌一揮，就可以輕易將狗抓成這副德性。牠們當然擁有足夠的力道，布萊恩曾經親眼看到熊為了尋找蛆蟲，將兩百多公斤的樹幹拋到空中。

可是這也說不通。如果狗兒被熊打傷了，牠應該跑回家，而

不是亂跑。

沒道理。

天快亮了。布萊恩在火堆上煮了鍋熱水，泡好茶。今天可有的忙了。不管他喜不喜歡，現在他有個需要照顧的家人了，而他正漸漸喜歡上這件事。

這隻狗需要食物，還有細心的照料，這意味著布萊恩必須要打獵、殺生。

不得已的話，布萊恩可以先多捕一些魚來餵牠，即使只是小魚也行。可是，這隻狗畢竟需要鮮美的紅肉，就和狼群的需要一樣。

但麋鹿的分量太多了。一頭小公鹿就可以滿足布萊恩和這隻狗的需要，這樣就不會浪費食物了。

他先循著一條小路前進，看能不能找出這隻狗是從何而來的

端倪，至少弄清楚方位也好。同時，也想再看看能不能抓到一頭鹿。

這隻狗是怎麼找上門的？就留到傍晚的時候再去想吧，眼前有別的事情要做。

# 6

## 不安的旅程

晨曦中，布萊恩拿出弓和箭袋，那隻狗試圖跟隨他。

「不行，你必須待著。」布萊恩試著告訴牠。接著將手勢下壓，更堅定地說：「停！」

但那隻狗掙扎著起來，依舊倒向受傷的那一側，試圖跟著布萊恩離開營地。

最後布萊恩拿了段錨線，圈成一個不會滑動的項圈，連著繩索把那隻狗綁到獨木舟前面。

狗可以輕易地將繩索咬斷，不顧一切地跟著布萊恩，但牠似

平明白了，有根繩子綁著，意思就是牠應該待在原地。

起初牠坐著看布萊恩走遠，接著趴了下來。布萊恩留給牠足夠的空間，讓牠能到水邊解渴。走出視線範圍之後，布萊恩從森林中回頭窺伺了一下，狗起身喝了點水後，又回去躺下，似乎要去睡覺了。

布萊恩謹慎、緩慢地前進，用盡他渾身的本事觀察各種跡象，研究眼前的所有事物，卻沒找到任何線索可以解開那隻狗身上的謎團。

布萊恩繞著圈子開始行動，或許該說是半個圈子，因為路線遠離湖岸，往外走三百碼左右，就折返湖岸。在第一圈當中，他在一小塊空地的泥濘裡，看到狗的足跡，是從北方來的。他開始往那個方向走，左右迂迴地前進，但只多找到一個記號，大概在第一個記號一百碼外，同樣指向北方。狗兒的腳印

壓在軟泥裡，有片葉子上沾了點血跡。

僅止於此。

要是在秋天，會比較容易找到線索；冬天有雪，就更不用說了。秋天沒有樹葉，草地都枯萎了，要看到東西容易多了。現在有豐厚的腐植土，幾乎要站在上頭才看得見足跡，所以他無法找到更多線索。

也許，說不定狗是從北邊來的，就是這樣。不知道從哪兒來，也不知道有多遠，甚至不確定這個方向正不正確。那隻狗或許從東方來，因為聽到或聞到布萊恩，而轉向南方；也或許是從西邊來的。

也沒有找到鹿。

布萊恩是有看到一些訊息。他找到了一堆鹿糞，摸起來還溫溫的，但因為樹叢太過茂密，看不到鹿的蹤影，更別提要近身

去放箭了。

他撞見一隻白腳兔，決定獵捕牠。一路走來，他的弓上都搭著寬頭箭，現在換上圓頭箭，但箭在途中碰上樹枝，稍稍改變了方向，於是偏低了點，射中兔子的腹部。在致命的第二支箭射中之前，兔子還有時間叫了出來。兔子臨死前，有時候會發出尖銳的叫聲，尤其是在夜裡，掠食者逮到兔子時。布萊恩聽過許多次，真是教人神經緊繃，就像嬰兒在呼喊著媽媽一樣的聲音。他討厭這種叫聲。

更重要的是，這叫聲會向方圓數百碼內的動物示警：有掠食者正在狩獵。或許也這就是有這種叫聲的原因。這麼一來，狩獵就宣告結束了。

理由有二：第一，所有小動物都會躲起來，鹿隻也會離開這個區域。第二，叫聲會召來其他對這次殺戮感到好奇的掠食

者。野狼、土狼、隼鷹、山貓、鼬鼠、狐狸、貓頭鷹、還有食

魚貂，目前這個區域內所有的掠食者，都朝著尖叫聲而來，這

樣一來，更確定剩下的小動物都會安分地藏起來。

這項規則唯一的例外是松雞，牠們非常遲鈍，彷彿沒有什麼

能夠動搖牠們似的。但松雞有絕佳的保護色，在豐厚的腐植土

之間，幾乎不可能看見牠們。雖然牠們暗色的肉非常鮮美。

兔子，還有魚也是如此。布萊恩在有樹枝的路徑上放箭，他

暫時將罪惡感拋諸腦後，對那隻兔子心存感激。

他掉頭回到營地，沿路注意有沒有松雞，但一無所獲。他看

到那隻狗依然綁著坐在獨木舟的那頭。牠聽到兔子的叫聲，然

後看到布萊恩出現，就起身歡迎他。

「嗨，狗兒，」布萊恩說道：「我們有吃的了，我再加點東

西，燉成一鍋。」

狗兒搖著尾巴，扯著繩子站起來。布萊恩將牠鬆綁，但得將兔子舉高才能避開這隻狗。

「不能生吃，」布萊恩說道：「也沒有肉。我馬上就把內臟弄給你。」

布萊恩將弓擱到一旁，拿出小刀，將兔子的身體中央俐落地劃開一道，把心臟、肝臟、肺臟都掏出來，給了那隻狗。狗兒狼吞虎嚥，吃個精光，接著豎起腦袋，輕輕搖晃尾巴，擺出小狗乞食的架勢，想要再來一些。

「要有分寸哦……」布萊恩微笑著，想到他第一次來到森林的時候。那時的他要是看到狗生吞內臟，鐵定會反胃。

但現在，狼群和土狼的獵殺他都見識過了，內臟是牠們最鍾愛的部分。這隻狗比較接近狼，是隻純真、友善的肉食動物。

布萊恩剝去兔子的皮，攤在高高的樹上以便晾乾。獸皮薄而

易碎，和一般的衣料相去甚遠，並不合穿。但布萊恩盤算著，他要用這些獸毛和他帶來的小鉤子做成誘餌，看能不能用柳條當作釣竿，加上湖間溪流中的一些蟲餌來釣鱒魚。

布萊恩常在獨木舟下看到鱒魚，其中有些非常碩大。但牠們非常刁鑽，似乎看不上蟲子做的餌，也不會等著讓箭往身上飛過來。

布萊恩生起火，用最大的鋁鍋盛了些水擺在上面，然後將整隻兔子扔進鍋裡，接著蓋上鍋蓋，鍋蓋外緣錯開一吋左右，好讓蒸氣得以洩出。

然後他拿著一支魚箭，沒有帶弓，把狗留在岸上，讓獨木舟往外漂出一段距離，進到蓮葉間。他把箭舉在一旁，三叉尖端在水面下約莫一呎深的地方，晃一晃箭頭，停住不動，接著又晃一晃。

牠們來了，小條的青鰓魚和太陽魚，有四、五吋長。牠們非常好奇，按捺不住，一直靠過來。說時遲那時快，布萊恩往下一戳，從側面刺中了一條，甩進船上，拔出尖端後再把箭放回水裡。

二十分鐘之內，布萊恩就抓到了十條魚帶回岸上，用小刀刮去鱗片，俐落地剖開來，把內臟掏出，一樣拿來餵狗。然後整條丟進燉鍋裡，不去頭也不去鰭。水已經沸騰了。

布萊恩從背包裡捧出一把米灑進去：「這樣才有料。」他微笑著對那隻狗說道，接著又說：「來這邊，來。」

狗兒向他走來，用沒有受傷的那一側靠在他腿上，頭抬得高高的，要人撫摸。

「你真是個友善的女孩，不是嗎？」布萊恩揉揉牠的耳朵，在明亮的陽光下端詳牠的傷勢。看來縫合得並不差，但現在布

萊恩可以看到，還有幾道傷口和擦傷。這隻狗的體側，彷彿被

非常要命的小耙子打了一耙。

布萊恩說道：「是有爪子的。不是狗，也不是狼，不是咬出來的。是貓，大貓，豹子或是熊。」

這就是了。熊。幾乎可以篤定就是熊了。要不就是這隻狗不知何故逃離自己的家，之後撞見一頭熊。不然就是……還會是什麼！遭受攻擊之後才跑出家門的嗎？

「不對，」布萊恩搖搖頭，無意識地輕輕拍著狗兒。「真希望你會說話。這完全說不通呀！」

火堆上的鍋子煮開了，布萊恩用樹枝穿過提把，舉起鍋蓋，看看裡頭的食物。

兔肉已經開始從骨頭上脫落，魚肉恰好就要崩開來了。於是布萊恩將鍋子擺到一旁放涼，往火紅的炭堆裡丟了幾片綠葉。

周遭漸漸暖和起來了，各形各色的蒼蠅也蠢蠢欲動。就在燉鍋靜置待涼，還有布萊恩和狗兒進食的時候，煙霧會讓這些蒼蠅躲到湖岸去。

接下來怎麼辦？

他現在有朋友了，是個新朋友。他微笑著想到，這是第一隻狗，他的第一隻狗。雖然就事實上來說，牠並不是隻寵物；與其說牠屬於布萊恩，倒不如說牠是自己的主宰。

但牠是布萊恩的朋友，落難的朋友。俗話說，患難見真情。

傷口好像開始癒合了，不過布萊恩還是擔心蒼蠅，盤算著要將一些泥巴煮了消毒，拿來敷在狗的傷口上，以避開蒼蠅。差不多過一個禮拜，就可以拆線了。

但現在牠需要的是食物，比他自己所需的分量更多。為了這個理由，他感受到一股前所未有的迫切感。

迫不及待想要採取行動。

但真正的原因不是這個。

有一股詭異的氣氛壓在他心頭，盤旋不去。

沒有輪廓、沒有方向，只是一股詭異的不安，好像在某個地方有某件事，是他必須要親眼、親耳、親身去體驗、去完成的……在哪裡呢？

好吧。就布萊恩找到的零星跡象所顯示，這隻狗似乎是從北方來的。

所以他，不再只是他了，他們要往北走。克里族的夏季營區就在那個方向，在箭頭湖裡的那座島上，差不多還有二、三十哩遠。

他可以去看看朋友，或許他們會知道這隻狗的來歷，就算不清楚，布萊恩也可能會遇到蘇珊，也就是凱瓜道西，並且跟她

聊聊美人記。

現在，他們要吃掉這鍋燉肉，再替傷口裏上消毒過的泥巴，然後就要往北方前進。只是要去探望老朋友，一趟美好、愜意的旅程。

但布萊恩發覺自己依然惶惶不安，他搞不懂究竟是為什麼。

# 7

# 小公鹿大餐

布萊恩將湖裡的泥巴煮過，敷在狗兒的傷口上，泥巴還是濕的，但已經不燙了。許多泥巴掉了下來，但有一些留在傷口上，似乎有些幫助。

布萊恩正在動手敷的時候，想到一個更好的辦法。他可以從樹幹中的凹槽弄些針樅和松樹的樹脂，融化了敷在傷口上。

這玩意兒黏性很強。布萊恩心想著，等到我們傍晚歇腳的時候，就這麼做。他微笑了。他已經用「我們」在思考、說話了，好像這隻狗一直都在這兒似的。

他吃了些兔肉，還有兩條魚，其餘的就裝在鍋子裡給狗兒了。狗吃了個精光，魚頭、魚骨、兔子的骨架、兔肉，還把湯全部喝光。牠看著布萊恩，滿溢感激之情，搖著尾巴，耳朵壓平，擺出服從的姿勢。

「哎呀呀，你可餓壞了，是不是？」布萊恩洗了鍋子，將行李放到獨木舟上，不知道一切能否步上軌道。他對獨木舟已經駕輕就熟，甚至說得上是個專家，但他從來沒有帶一隻大狗上路的經驗。

就船隻而言，獨木舟並不是最穩定的形式，狗兒要是抓起狂來，可能會打亂他的計畫。布萊恩將行李綁妥，用一些繩索把弓和箭袋繫住，這樣一來，就算翻船，所有的配備也會和獨木舟在一起。

他的擔心是多餘的。

布萊恩將獨木舟推入淺灘，讓它斜對著湖岸後，就回頭來抓狗。但狗兒一跳就跳到包裹前面，坐定了等著布萊恩上船。

布萊恩心想，這隻狗以前顯然坐過獨木舟，如果牠是克里族營地裡的狗，就理所當然了。

他把船推下水，還不到二十碼外，飽餐一頓的狗兒就在溫暖陽光下的晃動船隻中，躺在船板上睡著了。

布萊恩平穩地搖槳，遠遠地往前一探，再呈直線往後拉，讓獨木舟在穩定的流動中往前行進。

北方原野中有上千個湖泊，幾乎都有河流小溪相互串連。大致上，流向北方或東北，不過還是有許多河流蜿蜒流過和緩的高地。

布萊恩往湖的北端前進，尋找出水口，隨即看到有座水獺搭的水壩橫亙在往北的溪流當中。

布萊恩得在水壩上把行李卸下，用手壓低獨木舟，然後在下游重新打包行李一次。這也是布萊恩對克維拉材質唯一有微詞的地方。

克維拉纖維非常輕巧，而且極為強韌，但彈性太好，不耐操。就他所知，克里族人的獨木舟是採用厚重的舊式玻璃纖維材質，當他們遇到眼前這種水獺壩的時候，只要卯足氣力去闖，就可以從上面滑過去，然後在遠處再度落水，重新進入水流當中。

但狗兒機伶地跳出獨木舟，接著又跳回來，一點也不遲疑。

他們順流航行了四、五哩，穿過幾個水塘。在抵達另一座湖之前，又遇到了五座水獺壩。

因為時間都耗在越過水壩上，此時已近傍晚，應該要在天黑之前找個地方歇腳，也讓布萊恩可以抓幾條魚，或許進行一場

黃昏狩獵，打隻小鹿。

一天下來，他們看到了四頭麋鹿在水塘裡進食，其中兩頭本來可以手到擒來。因為布萊恩已經非常接近其中一頭小公鹿了，可是，牠的體重超過六百磅，就算和這隻狗一起吃，肉還是太多，解決不了，而布萊恩不希望浪費。

狗兒對麋鹿的反應很有意思。牠沒有吠，也沒有哀鳴，甚至沒有騷動，只是蹲伏在獨木舟裡，貼平了耳朵，壓低身形，靜靜地看著。牠不時回頭看看布萊恩，好像是在問他：「你要放箭了嗎？」

他找到一塊平地，靠近流向下一座湖泊的溪流入口。他決定操槳靠岸。

「出來。」布萊恩對狗兒說道。每遇到一座水獺壩，他都要這麼做，狗兒也都聽話。布萊恩讓獨木舟再漂回湖上，用魚箭

叉了十幾條小太陽魚，蓮葉下有著數以百計的太陽魚。布萊恩用一段弦穿進魚兒的鰓，紮好後放進水裡保存。

他這次把狗兒也綁住了，然後拿了弓和箭，動身走入樹叢。

他先前已從獨木舟上看到，沿著河岸往前一點有塊空地。他知道白尾鹿喜歡在天將黑時到空地，或許是要避開晚間的微風所帶來的蚊蟲吧。他竭盡所能地悄聲慢步，穿過森林與茂密的柳條，來到空地。

他停下來，看到一隻兔子從旁經過，於是為了眼前唾手可得的獵物駐足停住了。大好的肉塊呀！但他對那塊空地挺有把握，沒打算冒這個險。他對弓箭的操作已經得心應手。目前為止，他射中松雞翅膀已經有兩次了，這幾乎是不可能的事。他很清楚自己有兩下子。

他擅長用弓，因為他的眼力敏銳，看得到東西的內部，也就

是箭射進去的地方。

在他眼中，箭就好像一道光束般，要對準它該前往的方向。

既不是在打靶，也不是鬧著玩的。他的心念擴散開來，幾乎進入禪的境界，一心一意，別無雜念。

只有狩獵。

他看著箭為了產生食物、產生鮮肉，必須要前去的地方。為了產生食物，但詭異的是，生命來自於死亡。

當初斯彭一家人也覺得他很怪，因為他們手上拿著大口徑的來福槍，而布萊恩還在使用弓箭。後來他們看到布萊恩出手的樣子，看到他與獵殺的動作融為一體，用的是自己手製的弓和箭，而不是現代的壓製弓與筆直的箭桿。他們認為布萊恩就像老一輩的人，知道過去的做法。他們因此而敬重布萊恩。

距離空地還有一段路。布萊恩停下腳步，在他可以看到任何

東西之前，在鹿可以看到、聽見他之前。

這一次他得到回報了。

空地上有四頭鹿。布萊恩小心翼翼地躡著腳步，靠向茂密柳叢的邊緣，用箭頭撥開葉片，架在弓上。一切準備就緒。

兩頭母鹿、兩頭公鹿，老的那頭擁有崢嶸的角架，上頭裹著鹿茸；另一頭是小公鹿，頭上的角依然細小而形單，茸毛更加茂實。

老公鹿的肉太老且肥，母鹿的肉質最好，但布萊恩不喜歡射殺牠們，因為可能會射到懷孕的母鹿。

那麼就是那頭小公鹿了。

鹿群並不知道布萊恩在這裡。他耐心等待著，調整呼吸，等了又等。

鹿群在二十碼外，也許更近，只有十五碼。有隻鳥從空地那

頭飛過，鹿群被突如其來的振翅聲嚇到，但察覺到那不過是鳥兒在喧鬧，所以沒有跑開。

那頭鹿踏了一步，停下來，現在距布萊恩藏身柳叢的地方，不到十五碼了。牠掉頭離去。

萬無一失。

布萊恩往後一拉，寬箭頭幾乎碰到弓身。他用手指頭扶著箭桿，以免在擦過弓身時發出聲響。他知道箭在飛行中會稍稍下墜，於是便瞄準了肩胛骨上方，定住了一會兒，蓄勢待發。

放箭。

箭飛得筆直，沒有碰到任何東西就離開了柳叢，好像從這裡消失了，然後進入公鹿體內。

小公鹿一躍而起，抽搐了一下，危危顫顫地顛了三步，便側身倒下。

布萊恩等著。其他的鹿仍然沒有跑開，只是看著小公鹿，好像很好奇。布萊恩就這樣站著，靜靜地讓箭在幾秒內完成它的使命。然後小公鹿的頭垮了下來，面向東方，一如許多動物死時所做的那樣；牠眼中的光采消逝了。牠不再是一頭鹿，而是成為肉塊，成為食物。

感謝你，再次感謝你，布萊恩心裡想著。但依舊站著不動，即使大公鹿在小公鹿死去之時，有靠過來嗅牠，其他的鹿也依然沒有跑開。

接著，布萊恩跨步走到空地，整個世界也為之兵荒馬亂。鹿群轟然躍起，眨眼間，已經蹦出空地，消失無蹤。布萊恩走向那頭小公鹿。

他用弓戳了兩下，確定牠確實死了。箭俐落地貫穿而過，躺在另一邊十至十二呎遠的草地上。布萊恩撿起箭，用手指擦去

上頭的血跡，理乾箭羽，好讓箭羽立刻乾燥。

接著他割開鹿的喉嚨放血，然後把牠拖回營地。一般來說，

他會就地處理這頭鹿，將內臟留下，但他打算留給狗兒，尤其

是心臟和肝臟。

他把鹿拖回營地的時候，天幾乎要黑了。

營地還在四百碼外，雖然不是很遠，但要穿過茂密的樹叢。

就在他抵達的時候，狗兒搖著尾巴，嗚嗚地叫著。布萊恩盛

了一鍋水來煮，他快渴死了。接著蒐集了些延續火勢的木柴。

他得在入夜之後處理這頭鹿，去皮拆骨，他需要光線。

「加菜了，」他對狗兒說道，拿出小刀和打火石：「今晚還

有明晚都有得吃了，我們就在這裡歇腳，把牠吃了。」

狗兒用力搖著尾巴，用力到牠差點跌倒。由此看來，牠是完

全同意了。

# 8

# 來自北方的蠱惑

到了早上，布萊恩決定改變心意。雖然他也說不清是為了什麼……。

他剝了鹿皮，鹿皮可以放上一、兩天，所以將鹿皮捲起來，晚點再晾。

轉眼間，狗兒就吃掉了心臟、肝臟和肺臟，輕鬆解決方便使用的大肉塊。前腿後腿各兩條，脊椎兩側的腰部軟肉是最美味的部分，但這頭公鹿身上的這個部位非常小塊。

布萊恩把其餘的鹿肉切成方便使用的肉，接著又大啖殘羹剩餚。

布萊恩不知道在哪本書上看過，狼一餐可以吃掉二十磅的肉。他想這隻狗也差不多，牠就是一直吃吃……吃個不停。

布萊恩切下幾片生肉扔給狗，即使牠肚子漲得鼓鼓的，布萊恩擔心會撐開牠的傷口，但牠還是把肉全部吃下肚。

他在火堆旁插了根樹枝，串了一塊差不多三磅重的腰部軟肉烤來吃。吃完之後，又烤了塊鹿肩，再吃了一些。狗兒仍然沒有停口，一直到布萊恩終於罷手，不再遞肉給牠為止。

這時狗就像石頭般重重著地，腦袋磕著地面，打起瞌睡來，過不久就發出鼾聲睡著了。布萊恩微笑著蹲在火堆旁，端詳著狗兒入睡。

白天的時候，他就看著牠，仔細地揣摩著，驚訝於他和這隻狗彼此投契的程度。狗兒一坐起身，四處觀望，布萊恩就不自覺地看著牠，觀察牠的反應，並且依靠牠的警告，提防有什麼

事情發生。

這分牽繫前所未有。他真不知道自己這輩子是怎麼過的，從未有過這種牽繫，從未與其他物種，比如說一隻狗，如此親近。真是白活了。他決定，他的餘生都要有狗相隨。

從某種角度來看，這隻狗彌補了他生命中的缺憾，撫慰了他從未意識到的寂寞，他懷疑是不是人類一直以來都是如此。

回到過去的時空，山洞中有個人抱了隻小狼，讓牠坐下，心裡想道：好啦，這下子我的生活更愜意了。好吧，也許不完全是這個樣子，總之差不多了。

古時候的人意識到某種東西，某種聯繫。布萊恩思考著，幾乎所有的文化都有狗陪伴著人們工作、玩樂，還有……他聳聳肩……還有吃東西。

他坐在火堆邊，準備睡覺，心裡盤算著明天還要悠哉地多吃

點肉，然後烘成肉乾——要是還有剩的話。

黎明的第一道曙光乍現，布萊恩卻已經在打包行李準備離開。這會兒，布萊恩憑藉的多半是本能、是感覺，他習慣稱之為直覺。他認為，這是在潛意識中，藉由自己有時也不甚明瞭的知識，結合資訊，一路演繹而成的。

而且，這直覺通常是正確的，布萊恩學會信從它。今天早上，他一醒來，就有股內在的動力催促著他打包好獨木舟，準備出航。

往北走。他認為這隻狗是從北方來的，似乎有什麼東西蠱惑著布萊恩往北走。這會兒有股不尋常的急迫感。雖然他依舊一頭霧水，只知道和這隻狗，還有牠的傷勢，脫不了關係。布萊恩確定傷勢是熊造成的，可是這隻狗沒有理由只為了被熊打傷

就離開營地⋯⋯。

除非⋯⋯

他無法用邏輯推演出「除非」什麼？因為這件事一點也不合邏輯。他只是急著要走，要趕快上路。

於是布萊恩打點行李，裝上獨木舟後，再用繩索綁緊鹿的兩隻後腿，橫掛著浸在水中。清涼的湖水與河水，可以讓鹿肉起碼保鮮一天。

他推著獨木舟斜靠河岸，並揮手招呼狗兒跳進來。他划著獨木舟越過湖面，這時太陽已經高過樹冠，晒暖了他的背。

如果真要說他有什麼打算的話，他心裡是有個計畫。他要找到克里族的營地，問問他們附近是否有其他獵人，是不是和熊發生什麼過節。

他只打算到這一步，連帶想到要和凱瓜道西碰面，倒也挺不

錯的。他本來就應該喜孜孜的，至少為了要探望老朋友而感到愉快。但是他發覺，自己划起槳來，好像愈來愈吃力。

用力划，用力往前划。拉著兩條鹿腿穿過水流，減緩了獨木舟的速度，讓人懊惱。布萊恩臉上沒有微笑，壓根兒就不開心；他用力往前伸出船槳，一次重似一次，往後沿著獨木舟劃開水面……。

湖的盡頭又有座水獺壩。越過水壩，重新打包行李，再回到水中，狗兒也再度上了船。順流而下，行色匆匆，目不斜視地一路往前。他現在甚至沒有思考，只是拖著獨木舟前進。

湖泊盡頭，又是水獺壩。小溪流過沼澤，接二連三的水壩。

一一越過，划了又划，再到另一座湖泊。

天就要黑了。

他沒有像往常那樣歇腳，要趁天還亮著，先找個地方。他找

了一塊略為傾斜的空地，摸黑四處尋找木柴。等到他準備好要燒水、切幾片肉燉一鍋肉的時候，天色已經很晚了。

他趁夜裡蒐集了更多木柴，生起熊熊大火，以便盡快將水煮開，並且就著火光進行他每天例行的裝備檢查。

檢查完畢時，肉已經燉好了。他喝下湯、吃了肉，將剩下的後腿拿來餵狗，便躺下休息了。

賣力划槳讓他疲憊和疼痛交加。本來應該很快入睡的，但他躺在草地上，內心忐忑不安，不知道還有多長的路要走。

根據描述，他原本以為克里族的營地距離不超過三十哩，但他今天已經走了快三十哩，仍然不見附近有大湖。雖然這一趟路程曲曲折折，但因地勢平坦，所以往溪流蜿蜒漫溢。他很清楚，有個地方他左彎右拐划了兩哩，卻往北前進不到半哩。

狗兒似乎也受到他的心情影響，即使填飽了肚子，卻不像前

一天晚上那樣，平靜地躺下睡覺，而是坐在布萊恩旁邊，幾乎挨著他的身子，往黑暗中凝視，不時發出溫和的低鳴。牠凝視的方向，正是北方。

布萊恩心想，那兒一定有些什麼東西，狗兒知道那是什麼東西，牠不喜歡。

布萊恩知道，那一定是這道傷口的元凶。狗兒試圖看透黑暗，掀動著鼻孔要攫取氣味，豎起耳朵不放過任何聲響。從牠觀望的模樣看來，不論那是什麼，都逐漸在逼近當中。

布萊恩往木炭上扔了些葉片製造煙霧，以驅趕蚊蟲，然後側身躺在地上，終於入睡了。沒有掩蔽，只有一件羊毛連帽外套蓋在身上。

天還沒亮他就醒了，再次生火煮了水來喝，再拿一些肉餵狗兒。然後坐上獨木舟，趁著第一道曙光出航。

一開始他全身僵硬、背部疼痛，但這座湖大概有一哩長，等

他到達另一頭的出水口，身體就不再僵硬了，他又開始大力地

划動船槳。

陸陸續續又有水獺壩，綿延的河流、湖泊、一連串的水壩、

小溪、沼澤。接著，情勢轉變了。

有些不一樣了。起初他無法確定那是什麼。同樣的水流、同

樣的獨木舟、同樣在划著槳，但周圍卻起了變化。當他沿著溪

邊，在樹冠蔭翳下前進時，他意識到那是什麼了。

這裡的森林不太一樣。

沒有什麼風吹草動。之前一直都有些事情發生，顯示著自然

的運作。但來到這裡，情況就不一樣了。

這裡有著先前所沒有的安靜，但不是獨木舟經過所致。一路

走來，獨木舟根本沒有造成任何影響。他已經幾個鐘頭沒看到

獨殺布萊恩 Brian's Hunt

麋鹿了，之前，可以說四處都有麋鹿。他沒有看到鳥，更重要的是，連聽都沒聽到。

這兒有人類，他往人類靠近了。

沿著溪流再往前一哩，河道展開成平淺的入口，通往一座朝北的大湖。這座湖少說也有五哩長，布萊恩進入湖中，左右兩側快速地變寬，接著好像往五哩外的盡頭處一路縮窄。

這座湖的形狀就像是個箭頭，或者說差不多就是。還有，即使是在午後的熱氣蒸騰中，他依稀可以在遠方的盡頭處看到一座大島。

他的克里族朋友紮營的地方，就是這座湖沒錯。布萊恩將剩下的那條鹿腿拉到獨木舟上，好讓槳划得更順暢，接著開始划向那座島嶼。

但彷彿是命運對他向來太過仁慈，現在決定要好好捉弄他一

番似的。

陣陣微風帶著雲氣，從北方吹起，風勢迅速由弱轉強，化作強風迎面吹打著他。平時，他一個鐘頭可以划三哩，有時候還可以達到四哩，但現在下降到只剩一哩了。還有些水花濺到弓箭上。

他斜斜地滑向左方，往岸邊靠。浪花減弱了，不再有水濺到獨木舟裡，但風勢仍然強勁，他以為越過湖面只需要花上一個多鐘頭，突然間卻變成要划六個小時，而且還得賣力前進。

幸好他的肚子裝滿食物和水，還氣力十足。他不慌不忙，順應眼前這每小時不到一哩的速度。

過了四個鐘頭，離那座島嶼只剩一哩半，卻有另一種詭譎的氣氛襲上心頭。

風勢從那座島直直吹向布萊恩，然而在他越過湖泊這一路

上，卻什麼也沒有聞到。如果他們在這座島上紮營的話，應該會生起火來煮飯取暖才是。

可是布萊恩什麼也沒有聞到。

而那隻狗……

牠立起身子，四腳著地，低鳴聲比以往更加響亮，當中還摻雜了暗吠。牠的耳朵豎起又放下，然後又豎了起來。一下聆聽，一下躲藏，然後再次聆聽。這些舉動代表牠蓄勢待發，卻又憂心忡忡？

布萊恩停下動作，不禁伸出手來，從箭袋裡抽出一支寬頭箭搭在弓上。一時之間，他雖然沒有划槳，獨木舟還是繼續往前滑動。

他心中暗想，這太愚蠢了，我簡直是杞人憂天。但他還是把弓擺在伸手可及的地方。

接著，他將船槳向下鏟，往後一拉，使勁划向島嶼。狗兒低吠著，接著開始狂吠。

布萊恩心想，真希望可以聞得到他們的煙味。

# 9

## 生死的足跡

布萊恩起初認為他們只是離開了，或許為了某些原因回到鎮上了。雖然他知道，他們討厭城市的程度不亞於他。

但沒有狗兒用叫聲歡迎他，島上一點聲響都沒有，甚至聽不到鳥鳴。他才剛把獨木舟拉到岸上，排在他們船身十八吋、玻璃纖維打造的獨木舟旁，他就知道不對勁了。

當他拉著獨木舟上岸時，狗兒從船裡跳到陸地上，但沒有離開布萊恩，沒有直奔上岸。布萊恩將獨木舟綁到樹枝上時，牠就站在布萊恩身旁，壓低了身子。

布萊恩拿起弓，將箭袋掛到背上，在弦上搭了支寬頭箭，心想，好吧，這可真是瘋狂，要是讓他們看到我這樣提心吊膽地走上岸，就只有接受他們的嘲笑了。

從他們繫著獨木舟的岸邊開始，有一條寬五十呎左右的小路蜿蜒通往營區。他可以看到他們用未去皮的原木蓋了間小屋，大概十五呎見方，然後在梁木上拉了塊防水布當作屋頂，讓防水布高高突起，將水導開。

沒有人煙。

好吧，他們都走了。這真是太糟糕了，沒關係，他們會回來的，而且……

小屋的門敞開著。這扇門是用三塊軟松木劈開而成的粗糙木板做成的，上頭掛了條皮革製的絞鏈。布萊恩在二十碼外就看得清清楚楚。但門敞開著，他們通常不會任由門這樣開著。

狗兒停了下來，掀動鼻孔，背上的毛全都高高豎起。牠發出

低沉、穩定、隆隆然的吼聲。

布萊恩將拉弓的三隻手指往弦上一搭，準備好拉弓放箭，然

後往小木屋靠近。

一股味道撲鼻而來。不是煙味，不是木頭的煙味，而是血腥

味。是腐敗的血肉發出濃烈、腐壞的臭味。

他再次停下腳步，吸吸鼻子，吸進這股令人作嘔的味道，也

盡量在同一時間內看看四周，張開嘴，屏住呼吸，好聽得更仔

細。這時候，他聽到蒼蠅的聲音。

他心想，好吧，好吧！他們留了些肉在這裡，有什麼東西闖

進小屋裡攫取肉塊，讓蒼蠅飛了進來，然後⋯⋯然後⋯⋯然後

⋯⋯。

完全不是這樣，大錯特錯！他這一生中從未感到如此強烈的

錯誤，他的身心都渴望逃跑，渴望離開這個地方。但他知道自己必須前進，走進那間小屋⋯⋯

布萊恩站到門的側邊，還有八呎遠：「裡面有人嗎？」接著對著森林的方向，更大聲喊著：「有沒有人呀？」

什麼都沒有。除了蒼蠅逡巡不去的營營聲，沒有其他聲響。

他又站了一會兒，緊張地扯開弓弦。接著深吸一口氣，提著氣踏進小木屋。

沒有窗戶。唯一的光源來自門口，還有透過帆布頂灑下的微弱光線。他站到門口的內側，在突如其來的闃暗中，有好一段時間看不見任何東西。

於是，他站到一旁，好讓光線透進來。在此同時，他的眼睛也適應了眼前的黑暗。

「天哪！」

不假思索地，他叫了出來。看起來好像曾有顆炸彈在小木屋內引爆了似的。

袋子、箱子、睡袋、帆布床、陷阱、圈套，還有存糧，都被撕成碎片，散落一地，彷彿是一堆垃圾似的。

但是沒有人。他們也許去其他地方了，也許上了飛機。或許的確有頭熊闖進了小木屋，把東西扯得七零八落。他看到麵粉袋上有撕裂的痕跡，可能就是出自熊的傑作。

不對，事情沒有這麼簡單。不僅止於此，他心裡有數。他知道事情另有蹊蹺，雖然他不願意承認。然後，他看到了他一開始忽略的東西。

蒼蠅。營營的蒼蠅聲從四面八方而來，但那些聲響是錯覺，因為蒼蠅都聚集在角落，那裡有撕碎的睡袋，底下蓋著什麼東西，蓋著什麼……

布萊恩走向角落，不敢呼吸，只有恐懼。他的手伸向撕開了的睡袋一角，往旁邊一拉，看到屍體了。

一具人類的軀體對摺起來，被蓋住了，在角落裡攪成一團。

這是凱瓜道西的父親大維，全身支離破碎，臉被扯開，脖子被掰斷，有條手臂被撕了下來，有一半還連著軀幹，腹部上開了個洞……

「啊！」布萊恩轉過身，立刻吐了出來，差點吐在狗兒身上。狗兒跟著他進入小屋，放聲咆哮，但也嗚咽低鳴。布萊恩看著死去的人：「天哪！天哪！……天哪！……」

布萊恩無法思考，什麼也做不了，除了在旁嘔吐，試著說服自己剛剛看到的不是真的。

不會這樣。不會真的就這麼發生了，不要這樣，不要是這麼可怕的事情……

他轉過身去，大維依然在那裡，蒼蠅有如濃雲密布。布萊恩的腦海中有一部分在自動運作，他看到自己目不忍睹的事情，但無法讓自己坦然接受。

大維在角落裡，死了。不會是這樣的，但事情就是發生了，大維被扯得四分五裂。這一定是熊幹的。是熊，一頭凶暴的熊突然闖進小木屋，攻擊並且制服了大維，殺害了他。

他有抵抗，或試著要還擊。角落裡有支大口徑的來福槍，就在屍體旁邊，彈膛已經拉開了。大維曾試圖要上子彈，但熊來得迅雷不及掩耳，他來不及開槍。或許槍本來就在角落，當熊撞進門來時，大維試著開槍，但熊先逮到他了。

其他人怎麼樣了？大維的妻子安呢？還有那對小男孩和小女孩？還有蘇珊──凱瓜道西？

天哪！布萊恩心想，天哪！他們到底怎麼樣了？他們到底在

哪裡呢？

以後有的是時間做該做的事，先找到其他人才是最重要的。

他轉身背向大維，在小木屋裡的其餘垃圾之間掃視，翻撿紙堆、袋子，還有床鋪。沒有其他屍體。

那麼，一定在外頭了。先將大維擱下，當務之急是到外頭去。一定有些線索，他忽略了眼前的事物，因為他那時正緊張。外頭肯定有些蛛絲馬跡。

他一走出小木屋，才驚訝於他走到小屋門邊的這一路上，錯失了多少東西。

通往湖邊的硬實路徑旁，軟土上有熊清晰的腳印；一頭大熊，碩大無比的熊。腳印將近六吋深，就以散布在軟土上的情況看來，這頭熊想必超過五百磅重。

朝向小木屋的成對腳印距離較遠，而且吃得夠深，顯示這頭

熊似乎在奔跑。跑著要闖進去？這說不通呀！

接著他又看到靴印，沿著和熊一樣的路徑，跑向屋內，這樣就清楚多了。

熊攻擊的時候，大維在外面，他奮力跑進小屋，拿他的來福槍。但功敗垂成，雖然他已經拿到來福槍，把彈膛拉開了，但熊緊追在後，趕上了他。熊咬死了大維之後，把小屋鬧得天翻地覆。

但是安呢？還有凱瓜道西。她們也在外頭嗎？

離開小木屋的腳印比較整齊，靠得更緊。布萊恩跟著腳步，然後停下腳步，想到那把來福槍，但他隨即搖了搖頭。因為他不熟悉槍枝的操作，如果撞見那頭熊，他也許會失手。更何況，在進入動物身體裡的時候，寬頭箭就是絕佳的武器。

他轉身離去，架好弓箭，慢慢地走，每幾步路就停下來，仔

細聆聽、傾聽。他心想，不管發生什麼事，從大維屍體的狀況，以及傷口裡蠕動的蛆蟲來看，已經是幾天前的事了。

「安？蘇珊？」布萊恩呼喚了好幾次，但其實心裡有數。如果他剛到營地第一次大喊時，他們沒有回應，那他們現在也不會回答。還有兩個更小的孩子，一個男孩、一個女孩，可是他記不起他們的名字。他們也遇害了嗎……。

狗屋。那裡原本有三、四隻狗，不是放開的，而是用短鍊繫著，免得牠們把東西扯壞。

熊剛開始的行跡是到狗屋，有三隻狗躺在那兒，熊只有輕輕一拍，牠們就死了。第四條鍊子的末端，連著一個扯斷了的尼龍項圈，布萊恩回頭看看跟著他的那隻狗。

「那就是你？你逃開了？可是，如果安和蘇珊在這裡，你怎麼沒待著呢？或者兩個小鬼？」

除非，布萊恩心想，除非他們都死了。拜託，千萬不要，別

再來了，不要是現在⋯⋯

在狗屋左手邊，有熊的行跡朝著樹叢而去；沿著腳印，還有

一道拖曳的痕跡，好像是熊拖著沉重的東西前進⋯⋯

不要。千萬不要⋯⋯

跟蹤這條行跡並不困難，因為腳印並沒有走遠。進入森林，

走了四十碼，他就找到第二具屍體了。屍體部分殘缺，臀部和

大腿都不見了。面朝上躺著，頭部被黑髮蓋住，樹葉和灰塵覆

蓋著身體的其他部分，似乎是埋好了以後再吃。

拜託，不要⋯⋯

他隱隱作嘔，但這回他沒有吐出來，而是蹲在屍體的頭顱

旁，撥開頭髮，看出這是安，蘇珊的媽媽。她的臉並未遭撕

扯，儘管如此，她還是被狠狠一掌打斷了脖子，頭部呈現出詭

異的角度。

布萊恩突然全身無力，坐倒在屍體旁的草地上。不久，他站起身來，走回小木屋。該做的事留到晚點再做，他要先弄清楚蘇珊和其他孩子的下落。

他盡量不去想那些屍體，但這幾乎不可能。他逼迫自己的意念轉到狩獵時的追蹤狀態，尋找跡象。湖岸和小島間的水非常淺，最深也不過幾呎。

他很快就找到熊涉水而過，來到島上的地方。濕泥上形成巨大的痕跡，草叢裡有泥濘的痕跡穿過低矮的榛果叢，朝著狗兒們以及狗屋的方向而去。

熊一定是在那兒聞到了狗的食物、魚肉，還有水獺肉。風向良好的話，這些味道會飄到幾哩外。

布萊恩一心一意想加緊腳步，奔跑著大喊蘇珊的名字。但他

強迫自己放慢腳步，步步為營。

熊的腳步很平靜，只是走路，並不急促。直到牠穿過榛果叢，狗兒們看到了牠，也許開始狂吠。

有了！他在狗屋旁看到兩個人的腳印，一個較大，另一個稍小一些。應該是大維和安，還有一個凹陷的籃子。他們或許正在餵狗。

從榛果叢的邊界到他們站著的地方，還不到十碼，只要三十步。對那頭熊來說，只要三個縱身就趕上他們了。

頂多只有兩秒的示警，熊就立在他們眼前了。狗兒們狂吠，熊一掌擊中安，布萊恩彷彿可以看到她的屍首撞到哪裡。然後大維奔向他唯一的希望——小木屋裡的來福槍。熊的腳印刨鏟著，追向大維，接下來就進入小木屋了……。

接著，那頭熊又走回狗屋，想必牠殺了那些狗，除了布萊恩

身邊的這隻。然後熊繞著安屍首倒下的地方走動，拖曳的痕跡就從這裡開始，牠把安拖進森林裡享用。

沒有其他新的足跡。狗屋旁或狗屋到小木屋之間，都沒有小孩的行蹤，也沒有蘇珊的行蹤，沒有比較新的腳印。

也許她不在這裡，也許她去鎮上探望留在文明世界裡的親戚或朋友，帶著小朋友一起離開了。

布萊恩開始做圓狀的搜索，繞著活動的中心──攻擊的地點和小木屋──穿梭在樹叢間繞圈圈；剛開始貼得很近，每一圈往外移四呎，專注地觀察，仔細研究每一根樹枝、每一枝草葉。到了第十圈，他有所發現，他覺得自己沒有立刻察覺到這些，真是愚蠢。

就在從湖邊過來的那條小徑旁，有兩個腳印，似乎有個人，一個頭比布萊恩和大維都來得小，走著走著，忽然停住腳步，拔

腿就跑，發了瘋似地跑回岸邊。

獨木舟被推離湖岸的地方，有許多拖曳的痕跡，這兒躺著兩把船槳，藏在高高的草叢中，呈現古怪的角度。一定是她將獨木舟翻過來，推進湖裡的時候，從獨木舟上掉下來的。

她沒有船槳，想必是用手划行。

就在岸邊，有許多熊的足跡，熊跑到岸邊，然後沿著湖岸走動，可能跟了獨木舟一小段距離。

在第一道足跡旁的地上，有個兩公升裝的小籃子，周圍散落著覆盆子。

是蘇珊。沒有更小的足跡，沒有孩子們的行蹤。

她當時上了獨木舟，沿著岸邊採集覆盆子。攻擊發生當時，她並不在現場。有兩艘獨木舟。布萊恩搖了搖頭，為自己的粗心感到懊惱。他們當然有兩艘獨木舟呀！一艘獨木舟無法載運

所有的行李和人員。

蘇珊乘著另一艘獨木舟去採集野果，也許是到湖岸，或是到這座島的另一頭。

她稍後才回來，不知道是熊吃飽了前後，但肯定是在攻擊發生之後了。蘇珊被那頭熊嚇了一跳，不對！是那頭熊看到蘇珊過來，往她那兒靠近，將蘇珊追至獨木舟，逃離到湖泊上。

南側堤岸的軟泥上，有許多熊的足跡，他剛才抵達的時候忽略了。足跡延續了好長一段距離，一直到視線之外。

這麼說來……。

當時，那頭熊已經攻擊過安了，但牠仍在附近徘徊，說不定就在小木屋裡進一步翻找。

這時候蘇珊採完果子回來了。

或許她喊過家人，感覺到不對勁。熊聽到她的聲音，趕了過

來。但她就在獨木舟附近，便回到獨木舟上，離開岸邊。在熊

摶到她之前，划進深度綽綽有餘的水中了。

真快，她的手腳真快。熊切了個斜角，沒有沿著小徑跑，這

說明了布萊恩剛剛抵達的時候，為什麼沒有看到熊的足跡。

布萊恩心想，天哪，她肯定被嚇壞了。情況遠比這更加惡劣

──她不知道她的父母怎麼樣了。

但她為什麼沒有回來呢？由蒼蠅卵和蟲子判斷，已經過了

兩、三天，她仍然不在這裡。

還有，兩個小朋友到哪裡去了？布萊恩完全沒看到他們的足

跡，也沒有……布萊恩不安地嚥了一下口水……也沒有看到任

何跡象顯示，熊來侵襲的時候，他們在附近。

難道那頭熊逮住了蘇珊和小朋友，把他們帶走了嗎？

「過來，」布萊恩跟狗兒說：「待在我身邊。」

布萊恩沿著島嶼的岸邊小跑步前進，狗兒在稍前處。他們朝著南方，順著湖岸邊延展開來的熊腳印，穿過柳樹與榛果叢，但始終貼著湖岸前進。可以清楚看到熊的腳步不時跳進水中，又折返……

天哪，牠在戲弄蘇珊。她沿著岸邊划行獨木舟，試圖甩掉那頭熊，從另一邊靠岸，回到營地。那頭熊戲耍她、嘲弄她，只要蘇珊離岸邊太近，就往前撲過去。

繞著這座島，然後離開岸邊，想必那時蘇珊是划向對岸了。

布萊恩由淺水區涉過，看到那頭熊也跟著蘇珊來到對岸。但是，再經過一百碼左右，熊玩膩了，停下腳步，掉頭往島嶼的方向走去。但牠走進林中，地質比較堅硬，草叢茂密，布萊恩就這麼跟丟了熊的足跡。

那蘇珊為什麼沒有回到島上呢？換個準確的問法：那頭熊為

什麼不再沿著岸邊追蹤她呢？

布萊恩想到兩個原因：第一，蘇珊離開湖岸，回到湖面上。她只能用手划，無法好好控制獨木舟。要是颳起了風，即使只是微風，也會將蘇珊帶走，四處漂流。幸運的話，風會將她吹到湖面上，遠離那頭熊。如果運氣不好，風就會將獨木舟吹向岸上……

布萊恩甩開這個念頭。蘇珊沒有回到島上的第二個可能，因為天黑了。蘇珊用手撥打著划水，盡可能不要被風吹走，這樣一來，在寂靜的夜晚中，划水聲格外地清晰。既然有熊等在岸上，她就不可能讓自己在黑夜時接近島上。絕不可能。

所以她划向湖的深處，更有可能的是所向披靡的北風整夜吹著她，把她吹向湖的南岸，進入布萊恩曾經過的大沼澤、柳樹叢和濕地。

也許就在他北行的路上，也許就在不久以前，他才和蘇珊擦身而過。她可能被吹到東側的岸上了。

她可能就在那裡。沒有船槳，她絕不可能讓獨木舟回到北邊，要是赤手空拳，沿岸徒步前進的話，形同自殺。

布萊恩停下腳步，看著湖岸和那隻狗。牠停止低鳴，背毛不再豎起。熊已經不在附近了。

他得回去，乘著獨木舟去找蘇珊。她一定在湖泊南岸的某處，試著往北前進，想要回來。

布萊恩動身慢跑回去，狗兒始終靠在他身邊。傍晚已經來臨，他知道應該要把大維和安理葬起來，但他也知道這些事必須稍後再做。

必須先找到蘇珊。

必須先搞清楚孩子們怎麼樣了。

必須趕在熊的前頭。

……

終於在天黑之前找到了蘇珊。

布萊恩和狗兒沿著岸邊走，靠著水邊搜索，向外凝視著湖泊中央，同時警戒著森林邊緣。

她在湖的東岸，往南四哩處，沿著湖畔的淺水區拖曳著獨木舟，要是看到熊，可以跳上船，推到湖中。

早在蘇珊看到他以前，布萊恩就看到蘇珊了，因為他看著那隻狗。當牠撩起鼻子，捕捉某樣東西，某個熟悉又親愛的人的氣味時，布萊恩就看到了。

蘇珊正專心盯著岸邊濃密的葉叢，在距離一百碼的時候，布

萊恩呼喚她：

「蘇珊！」

蘇珊嚇一跳,跳進她的獨木舟,好像要躲起來。布萊恩靠得更近,才看出在恐懼及求救無門之下,她已經瀕臨崩潰。布萊恩感同身受。他也曾體驗過這種恐懼。蘇珊可能已經兩、三天沒睡了。

布萊恩將她的獨木舟拉到自己的獨木舟旁邊,並將兩艘獨木舟固定在一起。

「是我,布萊恩……妳不認識我,但我和妳的家人相處過一段時間……」

「熊……」蘇珊說道。她的頭髮凌亂,臉上、手臂上都是擦傷。她在水裡待了太久,講起話來不自禁地打顫:「熊……」

「我知道。我知道。來,先裹上這個好好睡一下。我幫妳拉回去。」

布萊恩拿了睡袋,伸手遞進蘇珊的獨木舟,讓她裹在裡頭,

強迫她躺在船底，同時在她的船首綁了繩子，繞回繩子開始划樂，將她的獨木舟拉在後頭。狗兒跳進第一艘獨木舟，坐在蘇珊身旁。

蘇珊已經累了，筋疲力竭到沒注意狗兒出現，才一坐下，疲憊感強烈來襲。

這會兒天要黑了，傍晚的空氣凝重，吹起了北風，還有浪花。逆風拉著兩艘獨木舟回到島上，要花上五、六個鐘頭。那正好。蘇珊需要休息。她還不知道她爸媽的遭遇，頂多只能揣測，當她發現真相時，一定難以承受。

現在她能夠多睡一會兒，就是天上掉下來的禮物。

# 10

## 追殺惡魔熊

整件事浮現在他們眼前。

一開始並沒有。起初有段時間，布萊恩彷彿沒有想到，也沒有記住，但他知道，接下來的日子裡，這件事會在他腦海中盤旋不去。

他們在黎明之際返抵島上時，蘇珊還是不省人事的熟睡狀態。布萊恩任由她熟睡，現在狗兒一直都在布萊恩前面，牠的背毛服貼著，沒有熊出現的徵兆。

布萊恩花了點時間用籃子和帆布將屍體裹好，把安拉回小木

屋，再用鏟子在空曠的地點，靠著東牆挖了個平淺的墳墓，將他們並排埋葬。

接下來，布萊恩試著把小木屋清理乾淨一點，另外挖了個淺墳埋好狗兒們，然後回到獨木舟，就著湖水反覆清洗後，才把蘇珊喚醒，摟著她，告訴她父母雙亡的事實。

她早已經猜到發生了可怕的事情，因為爸媽沒有來找她。即使如此，這仍然是個沉重的打擊。她啜泣了好幾個鐘頭，而在她哭泣的時候，布萊恩摟著她坐在湖岸，將弓箭擺在手邊，狗兒則在稍遠的地方。

布萊恩手足無措，那隻受傷的狗兒出現時，布萊恩也是這般無助。在斷續的哭泣間，布萊恩得知另外兩個孩子，保羅以及蘿拉，去探望住在溫尼伯的親戚。

蘇珊來到新墳前，在上頭各擺了一個木板製成的十字架，然

後走進小木屋。布萊恩盡可能整理過，用湖水清洗蘇珊的父親躺過的地方。在滿目瘡痍中，蘇珊在布萊恩未翻開的角落，找到一台短波無線電與發訊器。雖然被打得東倒西歪，但蘇珊將它擺回架上，裝上充電電池後，無線電還能運作。

蘇珊呼叫相關單位，他們的效率讓布萊恩感到驚訝。呼叫之後不到三個鐘頭，一架飛機降落在湖面，三名大漢下了飛機。

一位是駕駛，還有加拿大騎警和自然資源管理處的人。

他們迴避了蘇珊，只和布萊恩單獨談話。布萊恩很慶幸蘇珊沒有聽到他們詢問的細節。詢問結束後，他們站在小木屋旁。

騎警問蘇珊：「妳有親戚可以投靠嗎？」蘇珊點點頭：「我的姑姑和姑丈住在溫尼伯……」

「那我們就載妳到那裡，需要我們幫妳收拾行李嗎？」

「不了，我自己來。」

蘇珊走向小木屋，騎警轉向布萊恩：「我聽說過你。你就是在墜機之後歷劫餘生的男孩吧？」

布萊恩點點頭。

「你要搭機離開嗎？」

布萊恩搖了搖頭：「我要留下來。」

騎警端詳了他好一會兒，然後點頭：「你說了算。」

他轉身對管理處的人說道：「還有，你要處分那頭熊嗎？」

管理處的人搖搖頭：「這裡有許多熊，十到十五哩之內也許有好幾十頭。我們弄不清楚要處分哪一頭。」

布萊恩瞪著他，想說：「牠們有留下痕跡，從這些線索就可以認出是那頭熊。」但他按捺下來，沒有說出口。

森林對每個人的意義都不同。他們有飛機、槍枝、無線電，以及全球定位系統，但就某種意義而言，他們一無所知，因為

他們有的是取巧的方法，而且，因為把目光放得太遠，他們錯過了許多細微的事物。

布萊恩從未見過那頭動物，但他對那頭熊瞭若指掌，包括牠走路的方式、轉身的方式、思考的方式。

然而，就算那頭熊站在他們前面，在他們眼中只有重量、體長、毛色、基因編碼，以及細胞信號，但從不曾真正去認識那頭熊。

布萊恩什麼也沒說，但他明白他們錯了。布萊恩認得出那頭熊，他會找出那頭熊。

蘇珊提了個帆布袋走出小木屋，裡頭裝滿她的東西。他們互相擁抱，蘇珊看穿他心裡的打算，在他耳邊輕聲說道：「你一定要小心。牠跟其他熊不一樣，牠是惡魔，是頭惡魔熊。你要小心……」

起初布萊恩沉默不語，只是抱著蘇珊，然後他說出了自己一心掛念的事情：「事情結束之後，我必須再見妳一面。我有好多話要跟妳說。」

蘇珊點點頭：「我明白。我在小木屋裡留了一封信給你，上頭有我的電話、地址。我會等你。結束之後就來找我。」

蘇珊和那些人一同攀上飛機的氣墊，走進飛機裡，駕駛隨即調頭起飛了。

不一會兒，只剩下布萊恩和那隻狗，連聲音都沒了。

只剩下湖泊、島嶼、森林，……還有那頭熊。

那頭熊仍然在那兒，牠挑錯時機、挑錯對象，牠這樣不對，做得太過分了。

布萊恩會把牠找出來。

然後布萊恩會殺了牠。

這純粹是個人因素。

還有許多活要幹呢！

# 11

## 獵殺布萊恩

布萊恩留下獨木舟，帶著狗兒、小刀，還有弓和箭袋；穿著輕便的鹿皮鞋、全黑的T恤，還有一件深綠色的輕便外套。

他帶了些火柴，還有小鋁鍋。他不知道這一趟要花上多少時間，只知道不成功絕不罷休，但他希望盡可能輕裝上路。

當他涉過淺灘，到達對面的湖岸時，他停下腳步，在臉上和頸上抹了幾道黑泥，然後竄進樹叢，跟蹤熊的行跡。

這些痕跡已經很陳舊，就快要消失了，但是這會兒，它們仍然可以幫助布萊恩進一步瞭解、認識那頭熊，布萊恩要盡可能

地把握更多線索。

那頭熊剛開始沿著岸邊移動，走在軟泥地上，跟隨載著蘇珊的獨木舟，一直到風將獨木舟吹到遠方。然後牠才轉身而去，離開湖岸。

到了這裡，軟松針弄混了腳印，變得更難追蹤。不過那隻狗似乎注意到布萊恩的困境，於是走到前頭，低頭嗅聞。布萊恩一開始舉棋不定，因為他還不是那麼瞭解狗。但是，一次又一次，在他跟丟足跡時，跟著那隻狗，就會再一次追到腳印。斷斷續續地追蹤了一個鐘頭之後，布萊恩完全信任那隻狗了。

彷彿擁有另一種感官似的，更別提牠會預先偵測到危險來警告你。布萊恩看著狗兒輕鬆的追蹤態度，可以判斷出氣味已經很舊，熊也走了很久。他們一起順暢地前進，布萊恩對那頭熊

更加瞭解了。

這頭熊很懶散。牠不爬坡，而是從坡邊繞過；翻動圓木、扒開殘幹，牠的爪痕與眾不同。

牠的左前掌上缺了一隻爪子，右爪中有一隻斷了一半。在泥巴或軟土中，很輕易就能看透牠、瞭解牠。

就在天黑之前，布萊恩到達那頭熊曾經躺下來小憩或過夜的地方。

那頭熊就著草叢茂盛的地方，攤平了一處當作床鋪。布萊恩輕觸地面，也不確定自己在找什麼，或許是在找那頭熊的一點觸感吧。

可是什麼都沒有。

草地是涼的，上頭結了露水，狗兒也顯得不緊張，於是布萊恩走到一旁，生了一小堆火來燒水，嚼食著他在木屋裡找到的

一片肉乾。

他喝了點水，把火熄滅，走回樹叢裡，安頓好了準備休息。

他暫時沒有打算要睡覺，但過了半夜，連蚊子都擋不住他的睡意。他信任狗兒示警的本領，於是假寐了一會兒，讓身心得到充足的休息。

布萊恩在天亮之前再度動身，當他無法辨識明確的訊息時，就跟著狗兒的腳步。但到了正午，他覺得隨著那頭熊迂迴的行跡起舞，很難有所斬獲。

他現在離攻擊事件發生的那座湖，可能有四、五哩遠了，而熊的行進顯然沒有規律可言，只是四處亂晃尋找食物。

那頭熊會留在一定的區域，要是布萊恩爬到地勢較高的地方，由上往下進行觀察，試著搶到那頭熊的前面，這樣比較有成功的機會。布萊恩知道牠不喜歡爬坡，於是放棄了氣味的線

索，爬上附近的一座矮丘頂。

狗兒猶豫了一會兒，站在氣味的路徑上輕聲哀鳴。然後牠彷彿沒輒了，便跟著布萊恩到丘頂，趴在布萊恩的跟前，耳朵向前豎起，掀動鼻子以嗅聞更多氣味。

他們差不多一整天都這樣進行著，埋伏在丘脊上，緩慢地移動。布萊恩走沒幾步就停下來，聽一聽，並且看看狗兒的背毛和耳朵。

他怎麼也想不透，先前沒有狗的時候，怎麼撐得了這麼久呢？接著，他們看到了熊。

熊在他面前出現了三次，一頭是小母熊，還有兩頭小熊寶寶，但牠們都遠離布萊恩和狗兒而去，當他走到牠們留下痕跡的地方，就知道牠們與這起攻擊事件無關。

他認得攻擊大維一家人那頭熊的腳印，牠的右前掌稍微有點

顛，缺了一隻爪子，還有另一隻斷爪，非常容易辨識。

一整天都沒有新的斬獲，直到傍晚時分。

那時候，他們已經越過一道山脊，沿著山脊狩獵，前往另一座小山丘。不知怎地，他回到了先前攀越過的一座丘陵。

狗兒就走在他前頭，他起初並沒有發現，直到他越過山頂，才看到他們曾經停下來傾聽、休憩的地方。他認出那株矮小的橡樹，他曾經靠在上面。那棵樹在離地四呎的地方，有根扭曲的樹枝岔了出來。

「嗯哼……」他輕聲地說，聲音聽來有點詭異：「我們在兜圈子……」他停下腳步，因為狗兒不對勁了。牠原本嗅著地面，突然間豎起背毛，開始咆哮。

「怎麼了……」布萊恩走到狗兒站著的地方，看看地面，但是腐植土和草叢非常厚實，布萊恩看不出有任何端倪。

他和狗兒一起屏住呼吸，專心傾聽，但他們什麼也沒有聽到。布萊恩回頭看看地上，也沒看到什麼。直到他沿著剛剛走過的路，往回走了三碼，才看到那兒有塊軟土，草皮被白尾鹿的打鬥磨禿了。

在泥土中央，有塊清晰的腳印。

碩大無朋的腳印缺了隻爪子，印記完整，而且是剛剛才踏上的痕跡。

就是牠了。

就是那頭熊。

牠尾隨著布萊恩，跟蹤他。

獵殺他。

不是別人，就是布萊恩。

在那漫長無涯的一剎那，布萊恩從獵人變成了獵物，背脊一

陣寒意。

鹿被狼群相中的時候，肯定就是這種感覺；狐狸開始追逐的時候，兔子肯定就是這種感覺。寒徹心肺，無法呼吸；時間暫停，無法思考。

一剎那間，有某種感受壓過了恐懼，一種非常古老、非常原始的感受。

那頭熊獵殺的對象，就是布萊恩。

當他想到熊的腳印究竟有何意義，以及迫在眉睫的事情後，一切煙消雲散；那股寒意及恐懼消失了，取而代之的是某種更純粹、更為原始的情緒。

再也不是布萊恩要獵殺那頭熊了，而是牠在獵殺布萊恩。過不了多久，牠就會趕上布萊恩，馬上就會。

布萊恩心想⋯現在是薄暮時分，不到一個鐘頭天就黑了。那

頭熊有多快？毫無疑問，比我快很多。我在三個鐘頭前經過這裡，如果那頭熊沿著我的行跡前進，那麼牠可能就在附近，近在咫尺。

電光火石之間，布萊恩不經意看向那隻狗，狗兒的頭轉向左方，布萊恩在同一時間伏倒轉身。伏倒之際，他聽見穿林而出的聲音。他舉起弓箭，試圖將寬頭箭往後拉，但太遲了，一切都太遲了。

熊來到他面前，將他翻了個跟斗，一掌揮下。布萊恩手中的弓被擊落，往前飛去，箭從袋中四散飛出。

那頭熊異常安靜，推擠、揮打著布萊恩。

布萊恩縮成球狀，打了個滾，但他隨即知道這個動作對眼前這頭熊並不管用。這頭熊是來要布萊恩的小命，眼看牠就要殺掉自己，布萊恩卻無能為力。

布萊恩掏出小刀，但是熊一掌打落了小刀，並從旁一把攫住布萊恩的左手，咬在嘴裡，如同玩弄小動物一般，將布萊恩前後甩來甩去。

我完蛋了，瞬間布萊恩胡思亂想著：這次牠又贏了，我就要沒命了。

然後他聽到那隻狗狂吠一聲，跳上熊的背部，趴在上頭。熊轉身攻擊那隻狗，一掌把牠揮到二十碼外，狗躺在地上動彈不得。接著，熊又轉向布萊恩。

但這當中有兩秒鐘的空檔，布萊恩倒地的地方距離弓相當遠，但從袋中飛出的箭散落在四周。布萊恩的左手幾乎不能施力，於是他用右手抓起一支寬頭箭，擎著箭往前衝去，刺進熊的胸口中央。

布萊恩感到訝異，箭頭非常平順地鑽進心窩，只剩六吋的箭

身露在外面。布萊恩心想：好了，搞定了……。

但事情並非如此。熊猛地揮向胸口的箭，折了下來。在此同時，布萊恩試圖閃遠一點，但那頭熊一把攫住布萊恩的腿，將他拽了回來。

當布萊恩在地上滑行時，碰到了另一支箭，他一把握住，轉過身來刺進熊的心窩。然而這還不夠，此時熊一掌拍下，打在他的腦袋上。

布萊恩倒了下來，眼前最後的景象是毛茸茸的一堵巨牆覆蓋在他身上。他心想：沒辦法了，一切就這樣結束了。

一切就這樣結束了。

所有事物逐漸遠去，只留下一絲光亮。不久，光亮暗去，什麼也沒有留下。

有個聲音，輕柔的嗚咽聲。這一瞬間，布萊恩想著：我還活

著嗎？

四周依舊一片漆黑，他被一片巨大的陰影壓垮，然後他聞到

了熊的味道；熊壓在他身上，覆蓋著他。

他又聽到了聲音，是那隻狗。牠舔著布萊恩的臉，拽他的T

恤。那頭熊壓在他上頭，一動也不動，當場死亡。第二支箭終

於收拾了牠。

布萊恩在地面和熊之間掙扎，終於脫身而出。

天還沒亮，但並不是一片漆黑，微光中，布萊恩瘸著腿、抱

著左臂，找了些木柴生火。

布萊恩就著火光，先看了看那隻狗。原本的縫線沒有斷裂，

令人難以置信。但頭頂上添了一道新傷口，大概四吋長，看來

沒有顯著的外傷。

安頓好狗兒之後，布萊恩轉而看看自己。

他的手臂和腿上有咬痕，但不是嚴重的撕裂傷。左肩似乎脫臼了，布萊恩試著舉起手臂，聽到咯啦一聲，在猛烈的劇痛中，關節硬是回到原位。他痛得雙膝著地，眼前一花。

「哇啊！……」

但是沒有其他嚴重的傷害。剛開始，他簡直難以置信。那頭熊彷彿將他全身蹂躪遍了，又咬又打，他以為傷勢會比現在嚴重得多……。

布萊恩看看那頭熊。狗兒原本繞著屍體打轉，依舊豎起背毛，齜牙狂吠。但那頭熊沒有動靜，確實死了。

狗兒於是走近了一些，在熊腿上灑了泡尿，再用後腳把沙土撥在屍體上，然後走到一旁，坐下來舔起左後腳上的一小道割傷。

那頭熊倒地而死，布萊恩試著仿效那隻狗，尋找一點勝利的感動與獲勝的喜悅。然而，現在他腦海中都是大維和安，還有蘇珊和她的弟妹這一生所要蒙受的巨大傷痛。

他認為不只如此，他甚至希望能夠感覺到其他事物。但什麼都沒有，只有失去朋友的感覺。

還有一頭死去的熊。

不是萬惡不赦的人，不過是頭死去的熊，就和他曾經獵殺的其他動物並無二致。殺了這頭熊也換不回他失去的朋友，也無法減輕蘇珊和她弟妹的傷痛。

他殺了一頭熊，不過就是這麼一回事。

現在他得要收拾殘局。

布萊恩扒下熊皮，將屍體拖到湖邊，放到獨木舟上，回到營地，設法減少不必要的浪費。因為不論是白白糟蹋這頭熊，或

是在牠做過那一切之後留牠活路，都是不對的。

布萊恩就著火光，找回了弓箭和小刀，還有那只小鋁鍋，鍋子上還留著齒痕。布萊恩將邊緣扯下，讓鍋子勉強堪用。

湖泊就在不遠處，布萊恩打了些水煮沸，分一些給狗兒喝，自己也喝了一點，然後熱了些泥巴，敷在自己的傷口及狗兒的頭上，避免隨著早晨而來的蒼蠅侵擾。然後，他拿起小刀，對著那頭熊。

# 後記

我幾乎可以聽到人們說：「你說過，上一本書就是《手斧男孩》系列的最後一本。」我是這麼說的。

但是讀者迴響非常熱烈，每天我都收到上百封信件，想再看看布萊恩，於是催生了這本書。

我以後不會說自己再也不寫關於布萊恩和北方森林的文字了……對許多人來說，布萊恩在某種意義上是一個真實的人物，他們希望能夠多看看他，於是……於是，我們就走著瞧吧。

接下來談談這本書的主題。你很難把任何動物當作是一種邪

惡的存在，只有人類有那個能耐，去遂行真正的邪惡及蓄意的殘忍。

在動物當中，熊所呈現的姿態尤其可愛。被浪漫化的熊，與現實中的熊相去甚遠。熊的本質在泰迪熊和小熊維尼的形象中迷失了。我可以明白人們會怎麼看待故事裡的這頭熊，還有攻擊事件。

幾年前，有一部電影《威鯨闖天關》，內容是有個小男孩幫助身陷網羅的殺人鯨重獲自由。

電影上映後不久，我接受Call-in節目的訪問，提到我曾經看過兩頭殺人鯨拿海豹寶寶來玩耍，當玩具一般扔來扔去，然後才殺了吃掉。

這下子電話多到占線了，大家都說：「殺人鯨是很友善的呀！」有時候情況的確是這樣沒錯，「而且牠們只會吃魚，」

這可就不是真的了。

殺人鯨不只會吃海豹，還經常吃海豚，在紐西蘭沿岸，還有一頭母鯨帶著小鯨魚攻擊用水肺潛水的人。

殺人鯨是海中的野狼，就像身旁有狼群一樣，為了滿足殺人鯨的食欲，總有些東西必須喪命。

至於熊又是怎麼回事呢？熊的確可愛又聰明，有時還挺討人喜歡，但是牠們也會獵食其他生物，這是事實。牠們攻擊人類，把人類吃掉的機會，比有些人願意承認的高出許多。

有一頭熊曾經在半夜闖進我關雪橇犬的狗屋裡，把一隻對我有特殊意義的狗——霍克——一擊斃命，然後飽餐一頓。

熊還曾經將我太太從庭院追進屋子，差點兒就逮到她了。之後，牠把一隻叫做昆西的小獵犬掛在脖子上，揚長而去。

我朋友有個外甥去參加威斯康辛的童軍營。夜裡，有一頭熊

把他拖出帳棚，打算吃掉他。

幾十個童子軍用石塊和樹枝群起攻擊牠，那頭熊才肯罷休，把小男孩放下後逃走。他外甥後來縫了上百針，但手臂的動作無法完全復原。

在這本書的攻擊事件中，有一對夫婦喪命，太太的身體被吃掉了一部分。而真實版本就和我的描述幾乎一模一樣，就在加拿大的森林中，他們乘著獨木舟要去釣魚，來到湖上的一座小島。熊攻擊他們，夫妻雙雙殞命，太太被熊拖到一旁享用。

我們不樂於將自己設想成獵物，這樣太妄自菲薄了。但事實上，在我們妄自尊大的心理，以及所謂的「知識」蒙蔽之下，我們誤以為自己得天獨厚。

我們和其他動物一樣，都是大自然的一分子，有些動物只是把我們當成食物來源、鮮美肉塊，比方鯊魚、野狼、熊，還有

病媒蚊，多不勝數。

牠們可不會把人類是萬物之靈那一套放在心上。

這些事能夠讓人震懾，讓人謙遜，也教人銘記在心，是非常具教育意義的。

遇到這樣的動物，有時可是性命攸關的事情！

# 《手斧男孩》教我們的一些事

## ▶ 不要怕面對孤獨

《手斧男孩》中，布萊恩因墜機而獨自置身荒野。獨自一人的恐懼與生存挑戰，讓布萊恩由裡到外，身心澈底成熟長大。漸漸地，布萊恩卻喜歡獨自一人重返荒野。孤獨中，他學會傾聽，也真正聽見了，聽見外在的絲絲聲、轟轟聲、細微聲，還有蟲鳴鳥唧，以及魚兒跳躍……等，千百種豐富的聲音，也聽見了自己內在的聲音。

## ▶ 自然保育的重要與必要

在美國，每一州對於打獵活動都有法律規範，還有許多州，想要打獵或釣魚的話，必須領有執照。在台灣，一樣也有打獵的法律規範，你知道內容是什麼嗎？或許可以去找來看看，你對山林保育會更有概念。也請你想想，為什麼必須有這些規範？

# 千萬別輕忽隨身工具

在《鹿精靈》與《獵殺布萊恩》中，布萊恩隨身攜帶了一些工具進入森林（參見《鹿精靈》第9章，以及《獵殺布萊恩》第1章）。

布萊恩為什麼選擇帶這些工具？對野外生活有何作用？

如果你要獨自進入原始叢林，而你只能攜帶五件物品，仔細想想，你會帶哪五樣東西？理由是什麼？請務必記得，任何一件東西。都可能是在荒野中生死存亡的關鍵。

# 可以恐懼，但不要恐慌

布萊恩的野外生存技巧愈來愈厲害，總能想出解決問題的辦法。但在《獵殺布萊恩》中，當他前往克里族友人的木屋時，卻面臨了前所未有的恐懼。面對恐懼，讓布萊恩更加意識到，千萬別輕忽自然界所傳遞的訊息。恐懼來自未知，布萊恩如何觀察、接收自然的訊息？又如何將這些蛛絲馬跡轉化成訊息判斷的依據？

# 《手斧男孩》還可以讓我們學習

## ✔ 向動物學習

布萊恩在荒野中認識了許多動物,而且明白牠們如何彼此溝通。你可以從布萊恩在《手斧男孩》、《領帶河》、《另一種結局》、《鹿精靈》和《獵殺布萊恩》中所遇到的動物,選擇任何一種,研究牠們如何畫定勢力範圍?如何溝通?如何保護自己?

## ✔ 數學大不同

置身荒野之中的布萊恩,常運用到許多不同的數學原理,讓自己存活下去。比如,他必須計算他還有多少天的存糧;打獵時,必須精確計算他和獵物間的距離,才能百發百中。所以,別再討厭數學了,不只是為了考試,數學可是重要的求生技巧之一!

# ✔ 不貪婪、不浪費

布萊恩的打獵工具跟從前的獵人很類似，布萊恩也知道在不同狀況下，必須使用不同工具。不只是工具的運用，布萊恩對於打獵的理念，也接近美洲原住民，也就是只取自己所需要的，絕不浪費；一隻動物要存活，必定有一隻動物要死亡，這是大自然的規則，但是，每一隻獵物的死亡，都必須有其意義。

# ✔ 文字與想像的藝術

《手斧男孩》系列，作者蓋瑞‧伯森運用了諸多意象來描繪各種感官體驗，包括視覺、聽覺、嗅覺、味覺，以及觸覺。你要不要試試運用蓋瑞‧伯森筆下的意象，用你自己的語言和文字，創造屬於自己的譬喻或描述。

# 用心活下去

撰文／陳正昇（高中物理老師）

回憶並統計一下，在漫長的暑假裡，你曾經有多少天感到生活無聊或生命乏味？如果你高興，也可以將時間拉長一點來看，到目前為止的人生旅途中，有多少段的歲月讓你覺得，活著像一塊已經咀嚼了千萬次的口香糖？或是像開罐已久，完全沒有二氧化碳的汽水？

如果有人宣稱一次也沒有過，我只能拱手說：佩服、佩服。然而像我這樣的一介凡夫俗子，做不到那樣超凡入聖的境界。雖然我非常明瞭：肉身難得，生命可貴。要投胎轉世變成凡人，雖然未如成仙成佛需要千年修為，但也是殊為不易的因緣果業。

每一秒的生命都是神賜的恩典，每一天都有機會出現美妙的奇蹟，但是我必須坦白，我還是會三不五時、初一十五就陷入無聊與無賴的狀態，做任何事都提不起勁，活得像是一具殭屍，總是要一些刺激或當頭棒喝，才能脫離那個欲振乏力的泥沼與苦海。

所以我很想問上帝的問題之一便是：要怎麼做、怎麼活、怎麼思想，才能讓每一天的生命都是處在飽滿敏銳的邊緣？這是一個凡人可以期待的生活嗎？還是只能無窮逼近的一條極限？

恰好最近讀了一本曾獲紐伯瑞獎的青少年小說《手斧男孩》，忽然覺得，某種程度上，它是上帝在冥冥之中給我的一個暗示。

《手斧男孩》敘述一個十三歲的少年布萊恩，在歷經飛機失事大難不死後，一個人憑藉一把手斧，在加拿大原始森林中求生的故事。簡單說，其實就是縮小版或少年版的《魯賓遜漂流記》（森林取代荒島）。

因為作者在從事小說創作之前的生活閱歷非常豐富（屬於少也微賤，故多能鄙事之流），所以對這個小男孩在空難浩劫後，如何在殘酷的大自然野地求生的描寫，有一種引人入勝的況味。

但是，我要說的不是這本書的內容簡介，而是岔出去，試著回答上述自己的問題。

人類對生命會產生疏離，有一個重要原因——那就是脫離了生命的真實原始狀態。

大自然中的任何生命想要存活（to be alive），生命的每一刹那都是緊張的，這其中牽涉到與其他物種的食物鏈關係（他吃我，我吃

你），還有與大自然力量及環境消長的鬥爭（與天鬥，與地鬥）。

但是反過來說，每一個生命又是緊緊地與其他物種像拼圖般嵌合在一起，共同維持一種整體的和諧，沒有其他的生命，老實說無法想像單獨的個體。人類離開了大自然，走入文明，注定要開始無聊空虛起來。

在小說中，布萊恩為了活下去，從一個都市化的小孩，逐漸恢復一個原始人類自身所擁有的許多求生本能。外表上看，好像是退化了（從文明時髦的都市小孩變成原始森林的小野人），但是心靈上卻是升級了（一種更單純的快樂與滿足，從身心自然湧現）；身體的感官更加敏銳，可以分辨更多細微的聲音，可以聞出午後即將來到的陣雨；內心的自我能量更加堅強，可以承受更多的威脅、寂寞與黑暗。當然，小說一開始，父、母親離婚所造成的陰霾也隨風而逝了。

回到大自然，像梭羅在華爾騰湖畔，用自己的雙手養活自己，過最簡單的生活，生命的回饋會是最豐富的。麻煩的是，我們大部分的人都不能輕易甩掉一切，然後走到深山隱居，所以退而求其次只能靠想像力了。

你要能夠想像生活在都市文明中的這一切，其實有另外一種可能，愈方便的生活會讓我們離這種可能更遙遠，也就使我們的內心更加空洞。這是文明的一刀兩刃啊！

最後節錄一段出現在《如果世界是100人村》這本小書中的話當結尾：「……最重要的是，你可以活在這世界上。……所以請你發自心底的歌唱吧！自在的跳舞吧！用心的活下去吧！就算受傷，也當作沒有受過傷似的去愛吧！」

# 手斧男孩 冒險全紀錄（十萬冊紀念版）

★誠品書店年度TOP100青少年類第一名！
★博客來網路書店年度百大！
★美國最受年輕讀者歡迎的作家之一蓋瑞・伯森最膾炙人口的系列作品！
★騙倒《國家地理雜誌》的13歲男孩求生傳奇！
★美國紐伯瑞文學大獎（Newberry Honor Books）肯定！
★暢銷全球2,000,000冊！

## 手斧男孩 首部曲

★博客來網路書店親子共享類暢銷排行第二名

吃漢堡長大的13歲紐約少年布萊恩，因飛機失事，墜落在杳無人煙的森林中。他幸運逃過一死，卻必須獨自面對絕望、恐懼、大黑熊、不知名的野獸，沒有食物、沒有手機和無線電，身上唯一的工具，只有一把小斧頭，布萊恩如何面對前所未有，且關乎存亡的挑戰？

## 手斧男孩 ② 領帶河

這一次，布萊恩不再是孤獨一人，政府派來的心理學者德瑞克將陪他進行觀察並紀錄下一切。

可是，一場暴風雨中，德瑞克被閃電擊中，昏迷不醒，無線發報機也失靈！布萊恩必須帶著命在旦夕的德瑞克向百哩外求救。布萊恩唯一的機會是一艘木筏和一張地圖，順著河流，一場與時間相搏的河上求生，慌張開跑……

## 手斧男孩❸ 另一種結局

蓋瑞‧伯森改變了布萊恩在《手斧男孩》中終於獲救的結局，並隨著嚴冬來到，他讓布萊恩面對更嚴峻的挑戰。置身大雪冰封的森林之中，孤獨一人的布萊恩如何面對致命的嚴冬？如何讓自己生存下去？

## 手斧男孩❹ 鹿精靈

經過大自然的重重試煉後，布萊恩回到現代化城市，卻感到比在荒野之中更孤立無援。唯一的解決之道就是，必須重回荒野大地，只有回到曠野之中，布萊恩才能找回自己真正的生命道路。

## 手斧男孩❺ 獵殺布萊恩

勇敢面對重重考驗之後的布萊恩，對於大自然的愛遠甚於所謂文明世界。一天，當他紮營在森林中一處湖畔時，意外發現了一隻受傷的小狗。當布萊恩悉心照料這隻小狗時，也想起了住在營地北方的克里族友人。直覺與不安告訴布萊恩，必須盡速趕往北方。北方森林裡肯定出事了，帶著忠心的新夥伴，布萊恩展開了一場救援朋友的狩獵行動。

## 手斧男孩❻ 英語求生100天：手斧男孩中英名句選

讀《手斧男孩》不只可以學到野外求生技巧，也不只是看到布萊恩面對挑戰時的勇氣與機智。讀《手斧男孩》還可以學英文！作者蓋瑞‧伯森善流暢簡練的英文，是學習英文的極佳範本，跟隨《手斧男孩》精采的情節前進，也讓你的英文向前衝！

# 杜瑞爾的希臘狂想曲（十萬冊紀念版）

- ★博客來暢銷榜
- ★好書大家讀年度最佳少年兒童讀物獎
- ★吳大猷科普著作獎
- ★英國高中畢業檢定考指定讀本

## 在愛與陽光的薰陶下，寫成的經典頑童散文！

本系列是「保育老頑童」杜瑞爾的經典代表作，描寫全家人逃離英國的沉鬱天氣，移居到陽光的國度 —— 希臘科孚島，在這座無猜的小島上生活五年的點點滴滴。他以古靈精怪的幽默感、孩童的敏銳觀察力和想像力，描述他溫馨卻又爆笑的親人、有趣的朋友、科孚島民，並開啟他一生熱愛動物的珍貴歲月。

1 追逐陽光之島
2 酒醉的橄欖樹林
3 桃金孃森林寶藏
4 貓頭鷹爵士樂團
5 眾神的花園

傑洛德‧杜瑞爾／
全套五冊

 推薦 小野 名作家、李雅卿 種籽實驗小學創辦人、現任自主學習促進會理事長、張子樟 國立台北教育大學教授、楊茂秀 毛毛蟲兒童哲學基金會創辦人、台東大學教授、劉克襄 知名作家、自然觀察者

# 無人島生存十六人
## 與狼犬威爾菲的閃閃發光之旅

★年度「最佳少年兒童讀物」獎
★北市圖「好書大家讀」獎
★本屋大賞發掘部門入選
★第三屆野間文藝獎勵賞

**真實的荒島求生事件，**
**比小說更令人熱血沸騰。**

雖然船沉了，但我們16個人一定要活著回去！
1898年12月一起船難，十六名船員，流落到
一座無人的荒島上。將近250天的荒島奮鬥求
生，讓船員們重新體認到了大自然的豐碩，以
及彼此信任的可貴，成為了一段終生難忘的璀
璨時光

須川邦彥／著
陳嫻若／譯

# 星星婆婆的雪鞋 （中英對照精裝版）

★美國西部州際圖書獎
★國家圖書館「青春久久」青少年文學好書
★西北太平洋書商協會獎
★台北市立圖書館「好書大家讀」獎

**一則關於背叛、勇氣與生存的故事，**
**交織著親情、友情，和代代相傳的古老智慧**

故事取材自作者母親口中，部族間世世代代口耳相傳
的傳說。她用簡單卻精練優美的文字，描繪出北方部
落的生活景況，也對長者的智慧、女性的韌性、親情
和友誼的深度，做出平實但令人深省的描述。

威兒瑪・瓦歷斯／著
王聖棻、魏婉琪／譯

# 追蹤師套書 （全套共2冊）

開啟青少年視野與胸襟的禮物書，洪蘭、劉克襄推薦

★真實版《牧羊少年奇幻之旅》
★與《少年小樹之歌》《巫士唐望的世界》並稱印第安心靈三部曲
★獲選中小學生優良課外讀物評選推介

洪蘭：「這系列書把孩子的胸襟打開，開闊到天人合一。
　　　有這種視野的孩子不把挫折當煎熬而沮喪，
　　　才有可能看到生機。」

當83歲的印地安祖父「潛近狼」(Stalking Wolf)，遇到了8歲的湯姆，潛近狼就知道這個男孩是他的傳人，在他人生最後歲月中，必須將一生的知識與技能，以及阿帕契族千年文化的精髓，全部傳授給湯姆，由湯姆繼續將這古老的生命智慧發揚光大，廣為傳授，並運用在現代社會中。

湯姆・布朗/著
達娃、謝維玲/譯

《追蹤師：草原狼導師》

本書是湯姆跟我們分享他和他鍾愛的大地導師——也是他口中的「祖父」潛近狼歷經20年的生活學習、63年的美洲流浪記——的13則生命故事。

《追蹤師：松林少年的追尋》

15 則 Tom Brown 真實而傳奇的故事，面對 15 個人生課題——迷惘、恐懼、愛情、死亡、悲傷、傾聽、家人、未來……無不傳遞著阿帕契族古老且流傳已久的人生哲理，為我們開啟一條通往靈性自然世界的美麗路徑。

 推薦　洪蘭（陽明大學教授）、劉克襄（作家）、顏妙桂（師大公領系副教授）、江玫儀（博客來圖書部產品經理）、莊晏青（前金石堂網路書店文學線負責人）、ＷＣ、貓玲玲、coffeetree、龍邪等部落客

# 家庭必備・聰明回答孩子問題的科學小百科

## 【自然與生活科技】、【食衣住行育樂】2冊

### ★風靡德國家庭的必讀百科，銷售突破60000本！

## 完整解答孩子生活周遭大小事、世界運作祕密的知識小百科！

**全套精選 59 個，孩子最愛問、父母最難答的「為什麼？」**
**情境式插圖解說＋動動腦筋 Q&A ＝完整解答孩子問不完的問題**

每個家庭都該準備的學習百科，幫助父母們輕鬆度過孩子愛問「為什麼」的成長時期，從「自然與生活科技」到「食衣住行育樂」，囊括各種日常生活中的大小問題和科學原理，讓我們跟著孩子們一起去發掘祕密，在不經意間開啟科學的迷人世界！

卡洛琳・昆澤爾／著

張淑惠／譯

**本書特色**
・穿插豐富的全彩插圖與真實照片，讓學習變得無壓力、更有趣！
・詳盡多元化的介紹，涵蓋生活中的各個層面！
・淺顯易懂的文字，啟發孩子探索研究的好奇心，輕鬆閱讀與記憶！

# 從謊言開始的旅程 （暢銷燙金紀念版）
## 熊本少年一個人的東京修業旅行

### 媲美少年小樹之歌的都市少年成長之旅

我說謊了。

但我真的不是故意的。

這趟旅程原本是我無心的一個謊言，卻沒想到因此改變了我的一生。倘若如果沒有這趟旅程的波折，也許我的人生最後也會是充滿謊言與欺騙的結局。

喜多川泰／著

陳嫻若／譯

---

# 從謊言開始的夢想
## 相聲少年與演講少女的奇蹟尋夢之旅

### 獻給曾經懷抱夢想，而又失去的你，
### 一份希望與實踐的禮物

「長森，妳喜歡怎麼樣的男生？」

「我喔！希望是個想做大事，

會思考如何改變這個國家的人。」

愛情的力量真恐怖！

自從上次偷聽到她的對話以後，

我開始想要變成更好的人……

喜多川泰／著

陳嫻若／譯

# 轉學生的惡作劇
## 穿越時空找回勇氣的成長冒險旅程

★中小學生優良讀物

做為一個小學老師，日高博史低調度日，所有行為以不接到家長投訴為最高準則，校長關愛的眼神也請不要看過來。但是，新來的轉學生石場寅之助，似乎不想讓他這麼好過⋯⋯

看似難搞的轉學生，做錯事時卻會坦率道歉，對比自己厲害的人也不吝讚美，行事端正不虛偽，面對挫折與失敗也不逃避。在他的影響下，六年三班開始有了轉變，博史心中被現實澆熄的小火苗也重新燃起⋯⋯

喜多川泰／著
劉姿君／譯

# 少爺
## 夏目漱石半自傳小說，日本國民必讀經典

★好書大家讀入選書
★年度最佳少年兒童讀物獎
★中小學生優良讀物

大膽揭露教育界黑暗面，打碎知識分子的虛偽假面具，夏目漱石早期最犀利真誠，詼諧諷刺代表作。穿越百年時空依舊寫實，在日本中小學語文教材中仍占一席之地，成為日本國民人人必讀經典。

夏目漱石／著
吳季倫／譯

# 漫畫版世界偉人傳記【燙金精裝收藏版】

## 愛迪生＋萊特兄弟＋貝多芬＋居禮夫人（全套共4冊）

## 日式漫畫風格×專業人士監修足跡地圖× 學習小教室×勵志金句

### 讓孩子向偉人學習創新！熱情！挑戰！毅力！

透過有趣生動的漫畫版偉人傳記，
提升孩子閱讀的欲望、認識偉人的生平，
並讓孩子自然而然學會最重要的品德！

【本書特色】

‧活潑的日式漫畫風格，增加閱讀樂趣、加深對偉人生平故事的印象。

‧每一本皆有豐富的小知識延伸閱讀，以多元圖表、真實照片輔助，讓孩子
　更深入瞭解偉人們當時的生活，以及影響世界的成就。

‧整理偉人的世界足跡地圖、生平年表，一目瞭然記住偉人的重大事件！

‧精選名言佳句，拓展孩子的價值觀、激勵孩子努力學習！

迎夏生、吉田健二、

小林可多入、Takahashi Mamoru／漫畫

黃瀞瑤／譯

# 哇！作文就是闖關遊戲，過關就學會了
# 哇！數學就是闖關遊戲，過關就學會了
## 小學1～6年級適用，給孩子的最佳學習禮物書

★中小學生優良讀物
★父母、師長送這本當禮物就對了！

## 闖關遊戲＋魔法＋冒險，故事生動活潑！

快速拓展數學思維，輕鬆晉身數學高手
深入魔法王國，突破層層關卡，
看各關關主大顯身手，
多種寫作絕竅一點就通！

一個偶然機遇，數學成績爛到無可救藥的高斯，
發現一本神奇數學魔法書，進入神祕的數學王國，
和好友開始了一段數學冒險之旅……

作文很爛的高斯經由魔法枕頭，
進入了被大惡魔控制的作文魔法王國。
透過層層關卡，學會各種作文技巧……

系列特色

- 人物刻畫與設定有趣！三位主角是最典型的學生類型：點子王、優等生、傻大個兒；各關關主正好是孩子們學習時容易遇到的困難或缺點！
- 清楚標示學習功能：作文有【易錯發音】【易錯字詞】【成語教學】【佳文摘句】等項目，並附錄給家長伴讀用的【思維引導 Q&A】【推薦書單】等；數學有【關主提示】、最實用的【數學祕笈】。

樂多多／著

# 小熊媽給中小學生的經典&悅讀書單101+

分年級、挑好書,愛上閱讀品格好!
培養孩子美感品味x邏輯思考x寫作表達力

★博客來親子類暢銷榜　　★隨書贈〈快樂閱讀小護照〉

## 學校巡迴講座、讀者詢問不斷!
## 催生中文童書參考書單101本

101本均有父母教養應用心得&孩子樂讀指數,讓爸媽輕鬆應用、教養無負擔!延伸影音閱讀:精挑YouTube線上資源,分享作者專訪、影片、原文朗讀等。101本書涵蓋各學科:國語文、英語、社會、自然理化與生活科技、數學、藝術與人文、健康與體育⋯⋯等。

小熊媽(張美蘭)／著

# 閱讀是最浪漫的教養
## AB寶的親子交換日記

## 每章皆附〈親子浪漫生活清單〉
## 推薦好書單、影片、音樂等

我們閱讀生活,一起寫交換日記!
看好書、電影、日劇、聽音樂⋯⋯
父女三人最親密的心靈對話

作者李偉文從生活中、時事、書本、電影裡找尋靈感,和他的雙胞胎女兒AB寶,一起共讀好書、共賞電影、共聽音樂⋯⋯交換日記每一篇都交織著孩子內心的真實想法,以及爸爸寬廣視野的生活領悟!

李偉文、
雙胞胎AB寶／著

# 孩子的世界歷史大地圖

（書後附動動腦Q&A）

從史前時代到21世紀，人類的大冒險與大發現

★博客來暢銷榜

孩子的
世界歷史
大地圖

給低年級孩子→
　創造力UP！專注力UP！細微觀察力UP！
給中高年級孩子→
　理解力UP！知識力UP！系統思考力UP！

人類歷史發展的 **7** 個重要時代，
**230** 張活潑可愛的細緻手繪插畫，
圖解世界歷史，清楚串聯人類數百萬年的發展。

本書以可愛的插畫與淺顯易懂的文字，將人類歷史7個重要的時代，
以可愛的世界大地圖開場：每一大洲人口的增減變化、人們穿戴的服
飾、重要建築物，交通工具的進化……，各時代世界全貌一覽無遺。

貝特朗・菲述、
迪迪耶・巴力席維／著
陳太乙／譯

# 自然課可以這麼浪漫

李偉文的200個環境關鍵字

★台北市立圖書館「好書大家讀」獎
★年度「最佳少年兒童讀物」獎
★中小學生優良課外讀物評選推介活動
★獲選優質家庭教育圖書

自然課
可以
這麼浪漫

用看得見摸得著的自然生態、新聞、食物……
引發孩子好奇心、感受力和提問思考力！

【適用】國小、國中、高中課程；自然、生物、化學、
地球科學各學科；老師、家長、孩子共同閱讀

浪漫爸爸、荒野保護協會榮譽理事長李偉文，分享他和雙胞胎女兒ＡＢ
寶之間「愛與智慧」的生活對話，從「爸爸，大自然真奇怪！」「聽，
大地在說話！」「台灣真是個寶島」「今天吃什麼？」以及「永續，人
人都幫得上忙」五大主題，和孩子一起感受台灣的美麗與哀愁，認識大
自然的奇蹟與危機！

李偉文、
雙胞胎AB寶／著

故事盒子 5

# 手斧男孩 5 獵殺布萊恩 （十萬冊紀念版）

| 作　　者 | 蓋瑞‧伯森 Gary Paulsen |
| --- | --- |
| 譯　　者 | 奉君山 |

| 總 編 輯 | 張瑩瑩 |
| --- | --- |
| 副總編輯 | 蔡麗真 |
| 責任編輯 | 李依蒨 |
| 校　　對 | 袁若喬 |
| 美術設計 | 洪素貞 (suzan1009@gmail.com) |
| 封面設計 | 李東記 |
| 行銷企畫 | 林麗紅 |

| 社　　長 | 郭重興 |
| --- | --- |
| 發行人兼出版總監 | 曾大福 |
| 出　　版 | 野人文化股份有限公司 |
| 發　　行 | 遠足文化事業股份有限公司 |
| | 地址：231 新北市新店區民權路 108-2 號 9 樓 |
| | 電話：（02）2218-1417　傳真：（02）8667-1065 |
| | 電子信箱：service@bookrep.com.tw |
| | 網址：www.bookrep.com.tw |
| | 郵撥帳號：19504465 遠足文化事業股份有限公司 |
| | 客服專線：0800-221-029 |
| 法律顧問 | 華洋法律事務所 蘇文生律師 |
| 印　　製 | 成陽印刷股份有限公司 |
| 初　　版 | 2006 年 1 月 |
| 二　　版 | 2012 年 6 月 |
| 二版14刷 | 2017 年 7 月 |

有著作權　侵害必究
歡迎團體訂購，另有優惠，請洽業務部（02）22181417 分機 1124、1126

國家圖書館出版品預行編目資料

手斧男孩 . 5, 獵殺布萊恩 / 蓋瑞 . 伯森 (Gary
Paulsen) 著；奉君山譯 . -- 二版 . -- 新北市 : 野人
文化出版 : 遠足文化發行 , 2012.06
　面；　公分 . -- ( 故事盒子 ; 5)

譯自 : Brian's hunt

ISBN 978-986-5947-08-8( 平裝 )

874.59　　　　　　　　　　101008121

**野人文化**
**讀者回函卡**

野人

姓　名 _____ □女 □男　年齡 _____

地　址 _____
　　　 _____

電話公 _____ 宅 _____ 手機 _____

Email _____

學　歷 □國中(含以下) □高中職　□大專　　□研究所以上
職　業 □生產/製造 □金融/商業 □傳播/廣告 □軍警/公務員
　　　 □教育/文化 □旅遊/運輸 □醫療/保健 □仲介/服務
　　　 □學生　　 □自由/家管 □其他

◆你從何處知道此書？
　□書店 □書訊 □書評 □報紙 □廣播 □電視 □網路
　□廣告DM □親友介紹 □其他

◆你以何種方式購買本書？
　□誠品書店　□誠品網路書店　□金石堂書店　□金石堂網路書店
　□博客來網路書店　□其他 _____

◆你的閱讀習慣：
　□百科 □生態 □文學 □藝術 □社會科學 □地理地圖
　□民俗采風 □休閒生活 □圖鑑 □歷史 □建築 □傳記
　□自然科學 □戲劇舞蹈 □宗教哲學 □其他

◆你對本書的評價：（請填代號，1. 非常滿意　2. 滿意　3. 尚可　4. 待改進）
　書名 ____ 封面設計 ____ 版面編排 ____ 印刷 ____ 內容 ____
　整體評價 ____

◆你對本書的建議：
　_____
　_____
　_____
　_____
　_____

廣　告　回　函
板橋郵政管理局登記證
板橋廣字第143號

郵資已付　免貼郵票

野人

23141
新北市新店區民權路108-3號6樓
野人文化股份有限公司 收

請沿線撕下對折寄回

野人

書名：手斧男孩 5 獵殺布萊恩（十萬冊紀念版）

書號：0NSB4005